DIEU ?

Paru dans Le Livre de Poche :

À TOI QUI N'ES PAS ENCORE NÉ(E)

DE L'ANGOISSE À L'ESPOIR

L'ÉQUATION DU NÉNUPHAR

J'ACCUSE L'ÉCONOMIE TRIOMPHANTE

PETITE PHILOSOPHIE À L'USAGE DES NON-PHILOSOPHES

LA SCIENCE À L'USAGE DES NON-SCIENTIFIQUES

LE SOUCI DES PAUVRES

ALBERT JACQUARD

Dieu ?

STOCK/BAYARD

Mais qu'est-ce que j'aime quand j'aime mon Dieu ? Ce n'est pas la beauté des corps, ni leur grâce périssable, ni l'éclat de la lumière si chère à mes yeux, ni les douces mélodies des cantilènes aux tons variés, ni l'odeur suave des fleurs, des parfums et des aromates, ni la manne, ni le miel, ni les membres faits pour les étreintes de la chair. Non ce n'est pas cela que j'aime quand j'aime mon Dieu. Et cependant il est une lumière, une voix, un parfum, une nourriture, une étreinte que j'aime quand j'aime mon Dieu, c'est la lumière, la voix, le parfum, l'étreinte de l'homme intérieur, que je porte en moi.

Saint Augustin,
Les Confessions,
Livre X, Chapitre VI.

Trop longtemps j'ai cru ce qui m'était dit. Mes parents, puis les instituteurs, les prêtres, les maîtres, tous ceux qui savaient, ont répondu à mes interrogations ; ils ont ajouté de nouvelles informations à celles fournies par mes yeux, et ont provoqué la naissance en moi de nouvelles questions. Avide de cette nourriture nécessaire à la construction de ma personne, je l'ai absorbée telle qu'elle m'était proposée. J'ai accepté la description de l'univers tel que l'ont peu à peu découvert ceux qui m'ont précédé ; j'ai admis les explications qu'ils en ont données. Ils m'ont appris à compléter les données fournies par mes sens, à y ajouter, parfois à y substituer, des concepts élaborés par l'intelligence. Ils m'ont introduit dans l'aventure de la science, ce parcours fascinant qui nous fait découvrir une réalité jamais totalement révélée.

Naître c'est sortir de sa mère, se différencier d'elle, prendre conscience que l'on est autre qu'elle. Co-naître c'est regarder le monde comme si l'on était extérieur à lui et construire en nous un modèle qui permettra d'en expliquer les transformations.

Mais cette co-naissance n'aboutit jamais à son terme. La science me dévoile des réalités jusqu'alors cachées, elle décrit des objets et des processus avec toujours plus de précision, elle me propose des explications toujours plus convaincantes, mais, malgré ces avancées, la compréhension reste incomplète. Le jeu des questions et des réponses conduit toujours aux abords d'une frontière indécise où ce qui se passe *en deçà* n'a d'explication qu'en faisant appel à des causes situées *au-delà.*

Par définition, de cet *au-delà* nous ne pouvons rien dire qui soit fondé sur une donnée objective ou qui résulte d'une démonstration. Pour combler ce vide, la plupart des cultures ont imaginé de le peupler de personnages semblables à ceux qui interviennent sous nos yeux dans l'*en deçà.* Ainsi se sont développées, dans le domaine où notre désir de compréhension est toujours insatisfait, des religions prétendant apporter des réponses à toutes les interrogations. Celle que l'on m'a enseignée est la religion catholique romaine ; elle m'a longtemps, trop longtemps, apporté le confort de ses certitudes. Mon enfance en a été quotidiennement imprégnée. Ce qu'elle m'a dit, je l'ai cru.

Puis est venu l'âge du doute. Doute qui a été nourri, qui a été rendu systématique, par la pensée scientifique. Ma génération a eu la chance d'ouvrir les yeux sur le monde en une période où le regard de la science remettait en cause les affirmations les mieux assurées. Le dix-neuvième siècle nous avait habitués aux formules péremptoires décrivant des déterminismes rigoureux, apportant l'assurance que l'avenir pouvait être déduit du présent. Le vingtième a tout remis en chantier. Avec Einstein et ses deux relativités, restreinte et générale, le temps et l'espace ont fusionné en une entité à quatre dimensions ; avec Bohr et les autres créateurs de la physique quantique, la matière est sortie du champ de notre capacité à imaginer (comment se représenter une particule non localisable ?) ; avec Hubble, l'univers stable d'autrefois a fait place à un cosmos en expansion dont l'histoire a commencé avec le mythique big bang ; avec Gödel, la logique elle-même a dû abandonner une partie de son domaine et faire une place entre le vrai et le faux à l'*indécidable* ; enfin, avec Crick et Watson, le mystère de la vie a été ramené au jeu banal des forces élémentaires au cœur de la molécule d'ADN.

Cette moisson fabuleuse de novations a bouleversé de fond en comble le modèle explicatif qui nous permet de jouer avec la réalité. Elle nous a surtout habitués à ne rien accepter comme définitif tant que des arguments décisifs n'ont pas été fournis.

L'apport essentiel de la discipline intellectuelle que s'impose le scientifique n'est pas la collection des résultats qu'il obtient en s'efforçant de décrire et de comprendre les phénomènes ; il est l'attitude de rigueur que cette discipline provoque chez tous ceux qui veulent profiter de son efficacité. Elle s'est peu à peu imposée comme la seule voie permettant de faire avancer la connaissance. L'adoption de règles de raisonnement rigoureuses et la mise au point d'outils d'observation aux performances inouïes ont permis des progrès foudroyants. Quelles que soient leurs divergences par ailleurs, toutes les cultures ont été amenées à reconnaître l'efficacité de cette attitude et à remplacer les anciennes légendes par des explications rationnelles, et surtout vérifiables. Ainsi est apparu un noyau commun à tous les peuples : le regard porté sur le cosmos.

Ce regard devenu unique évolue à mesure que de nouvelles faces de la réalité sont découvertes. Grâce à la collaboration de tous les scientifiques, qui participent désormais à une œuvre commune, quelles que soient leurs disciplines, leurs nations, leurs cultures, la lucidité collective progresse.

Cette attitude concernant l'en deçà, c'est-à-dire l'ensemble du cosmos auquel nous appartenons et avons accès par nos sens, notre intelligence, nos instruments, aurait dû avoir des répercussions sur notre attitude concernant l'au-delà, cet ensemble hypothétique de causes qui seraient extérieures à notre univers, mais qui seraient cependant capables d'agir sur lui. Le discours des religions aurait dû s'adapter à cette vision nouvelle. Mais elles y répugnent car elles prétendent trop souvent être détentrices de la vérité ou même d'une vérité révélée. Ce dogmatisme les empêche de bénéficier de l'attitude systématique de doute qui a si bien fécondé la recherche scientifique.

Souvenons-nous de l'aventure de Galilée : remplacer le modèle géocentrique par le modèle héliocentrique aurait pu ne faire l'objet que de querelles entre astronomes. Mais les cardinaux du Vatican sont intervenus farouchement car ils ont aussitôt compris l'importance de l'enjeu ; c'est le rôle du Fils de Dieu qui était remis en question, comment aurait-Il pu se manifester ailleurs qu'au centre de l'univers et se fourvoyer sur une planète banale ? Galilée a donc été prié de ne pas divulguer sa théorie, jusqu'au jour (quatre siècles plus tard) où elle a été estimée compatible avec la doctrine.

Il serait singulier que les concepts nouveaux apportés récemment par la pensée scientifique n'exigent pas quelques ajustements de la formulation des certitudes proposées par les religions. Les questions de toujours à propos de l'origine de l'univers ou de l'origine de la vie sont notamment posées en termes inédits, or ce sont des domaines où les religions n'avaient pas hésité à s'aventurer. Ce bouleversement du discours concernant l'*en deçà* aurait dû tout naturellement avoir des répercussions sur le discours évoquant l'*au-delà.* Les mots utilisés auraient dû être changés, ou tout au moins leur sens être précisé.

Mais, par paresse intellectuelle, chacun de nous est tenté de laisser son esprit s'encombrer de nombreuses paroles figées. Elles ont été autrefois vivantes, mais elles ne sont plus que des cadavres d'idées mortes. Elles sont là, ces paroles, prêtes à l'emploi, prêtes surtout à camoufler, par des phrases dépourvues de sens, le vide de notre pensée. Pour satisfaire notre confort nous nous contentons d'utiliser sans scrupule des mots qui resurgissent spontanément, semblables à des automates échappant au contrôle de leur créateur. La tentation est d'autant plus grande que le domaine évoqué est plus proche des limites de notre compréhension, les mots ne sont plus alors que des sons trahissant les idées ; la musique intérieure de formules cent fois répétées se substitue à la dynamique de l'intelligence et endort la pensée.

Quant aux institutions religieuses, elles craignent surtout que, par effet domino, la modification du moindre dogme ne provoque des lézardes dans tout l'édifice. Elles se crispent ainsi jusqu'à la déraison (nous le verrons à propos de la conception virginale de Jésus) dans le maintien des affirmations qu'elles ont toujours soutenues. Il est temps pour elles d'adopter l'attitude du doute qui a été si bénéfique dans l'aventure de la science et de ne plus se contenter de croire. La réflexion de ceux qui la pratiquent peut les y aider.

Enfin est venu l'âge de la recherche d'une lucidité active, l'âge où la question première n'est plus formulée par la phrase que l'on prête à un journaliste célèbre : « Et Dieu dans tout ça ? » mais : « Et moi dans tout ça ? » Car quel peut être l'intérêt d'une croyance si elle n'implique pas un certain comportement, d'une compréhension de la réalité si elle n'est pas utilisée pour transformer celle-ci ?

C'est un fait, la spécificité humaine est d'avoir complété l'être par la conscience d'être, d'avoir ajouté au constat de la réalité présente l'imagination de la réalité à venir. Du coup nous sommes acculés à faire des projets, à nous donner un objectif. Plus qu'un au-delà du réel c'est un au-delà du présent qui nous obsède. Cette vie, dont j'ai l'extraordinaire privilège de savoir qu'elle se déroule, de pouvoir ne pas me contenter de la subir mais de la conduire, qu'en faire ?

Quel sens lui donner ? Par quelles paroles vives l'orienter ?

Il se trouve que le vingtième siècle a non seulement renouvelé le regard de la science sur le monde, mais aussi transformé les contraintes dont il est nécessaire de tenir compte pour chercher une réponse à ces questions. Etre un humain, c'est vivre au cœur de l'humanité, au contact des autres ; or ces contacts viennent d'être bouleversés par l'évolution de l'effectif des hommes et par les techniques qui permettent leurs rencontres.

En cent ans cet effectif a été multiplié par quatre, 1,5 milliard en 1900, 6 milliards en 2000 ; un tel rythme de croissance ne s'était jamais produit. Les conséquences des actions des hommes sur leur environnement posent, en raison de cette évolution brutale, des problèmes totalement nouveaux.

Quant aux moyens de communication, ils ont changé autant de nature que d'allure. La rencontre des personnes nécessite des déplacements qui, depuis toujours, étaient réalisés à la même vitesse ; le voyage de Paris à Rome était aussi long pour Stendhal que pour Jules César. Grâce au chemin de fer puis à l'avion les semaines ou les jours ont été, dans la durée des voyages, remplacés par les heures. La rencontre des idées était, il y a un siècle, presque aussi lente que celle des personnes ; grâce à l'électricité puis aux ondes hertziennes elle est devenue instantanée.

Chaque humain se trouve désormais inséré dans un réseau aux mailles toujours plus étroites qui, à la fois, accroît l'interdépendance entre lui et chacun de ses semblables et permet de nouvelles mises en commun. Tout paraît donc à réinventer dans les rapports des hommes entre eux et dans les rapports entre leur collectivité et la planète. Mais à quoi se rattacher dans le choix d'un objectif ? Au nom de quelle conception de l'aventure humaine décider des réformes à entreprendre ?

Avant d'imaginer des voies encore inexplorées, il est de bonne méthode de parcourir celles qui nous ont été proposées depuis des millénaires par nos cultures ou nos religions, mais en prenant soin de les critiquer avec un regard neuf. Pour moi, dont l'enfance a été modelée par l'Eglise catholique romaine, le point de départ de cette exploration méthodique est la liste des affirmations proclamées intangibles car présentées comme venues de l'*au-delà*.

Cette liste prend donc la forme du Credo enseigné par l'Eglise tel qu'il a été rappelé sous le titre « Symbole des Apôtres », parallèlement au « Credo de Nicée-Constantinople » adopté par le concile de Nicée en 825, dans le « Catéchisme de l'Eglise Catholique » publié en 1992. C'est ce texte dont je vais essayer, mot après mot, de préciser le sens en donnant à chacun la valeur que lui attribue le langage actuel, la signification qu'implique la science d'aujourd'hui.

Je crois...

Dès le premier mot éclate le conflit entre l'attitude de la religion et celle de la science. Le mot *croire* est central dans le vocabulaire de la première, il n'a aucun usage dans les énoncés de la seconde. Que signifie ce verbe pour le croyant ? Que pourrait-il signifier pour un scientifique ?

Croire et la foi

En fait le verbe *croire* se réfère à deux attitudes fort différentes : admettre la sincérité de celui qui s'exprime, ou admettre la véracité d'un fait. Vous me relatez tel événement que j'ignorais : « Je vous crois » signifie : « Je ne mets pas en doute que vos paroles correspondent à votre conviction. » « Je le crois » signifie : « Je ne mets pas en doute que cet événement s'est déroulé comme vous le dites. » Si des témoins du miracle de Fatima en 1917 me disent avoir vu le soleil danser, je peux croire en leur parole ; oui, ils ont bien vu ce qu'ils décrivent ; pour autant je ne crois nullement que l'événement qu'ils racontent a eu lieu, d'autant que le même soleil a été vu au même moment par des millions d'humains qui n'ont rien constaté de tel. Je peux croire en la sincérité d'un témoin et ne pas croire le contenu de son témoignage.

Mais lorsqu'une religion nous demande d'affirmer « je crois » elle ajoute une ambiguïté supplémentaire : il s'agit soit de constater la foi comme un fait, soit de s'efforcer à la faire éclore en nous.

La première attitude est la reconnaissance d'une réalité intérieure dont on ignore de quel cheminement elle est l'aboutissement. Cette foi constatée n'a pas à être justifiée, sa genèse ne peut être décrite. Cette genèse peut d'ailleurs être sans durée, se ramener à une illumination soudaine, comme celle de Paul Claudel saisi, raconte-t-il, par la foi chrétienne un soir de Noël à Notre-Dame.

La seconde attitude est d'une tout autre nature ; elle est un acte volontaire présentant la foi comme un objectif vers lequel il faut tendre, point d'arrivée d'un parcours guidé à la fois par la raison et par l'émotion. Le cas limite est sans doute celui du « pari » de Pascal ; il nous propose de croire en l'existence de Dieu à la façon dont un banquier joue à la Bourse : vous jouez que Dieu est et vous ne pouvez que gagner, vous jouez que Dieu n'est pas et vous ne pouvez que perdre, il n'y a donc pas à hésiter... Il s'agit simplement d'être malin, plus malin que l'incertitude, en s'arrangeant pour mettre le hasard dans son camp. L'argument pascalien peut sans doute convaincre de participer à une religion et d'être généreux au denier du culte, mais il est douteux qu'il puisse faire naître une foi personnelle. Il rend même cette foi suspecte lorsque, pour d'autres raisons, elle se manifeste.

L'adhésion à une foi religieuse est une attitude affirmée par une multitude d'humains. Que l'on participe ou non à cette foi, force est de constater cette adhésion et, comme devant tout fait, de chercher à l'expliquer.

Pour certains elle résulte d'un appel venant de l'extérieur. C'est d'au-delà du réel que pour eux une parole nous est adressée, nous appelant à « croire ». Cette parole nous atteint par le truchement d'une révélation faite à un homme privilégié, un prophète, tels Moïse ou Mahomet. Il appartient au monde réel, mais il est considéré comme entendant une parole venue d'ailleurs. Cette révélation est vue comme un événement s'inscrivant dans l'histoire des hommes, une intrusion de l'*au-delà* dans notre *en deçà*. Elle n'a pas à être expliquée, elle est constatée.

Pour d'autres c'est le besoin de faire face à l'insupportable certitude de la mort qui provoque en nous la construction d'un « nid sécuritaire de convictions ». La foi ne serait alors qu'une des conséquences de cette particularité humaine qu'est l'envahissement de la conscience par l'interrogation sur demain. Car l'avenir qui nous obsède tant n'existe que dans notre imagination ; il n'appartient pas à l'en deçà. Il nous faut le regarder comme un des éléments de l'au-delà. Il n'est donc pas étonnant que celui-ci participe à toutes les interrogations que notre futur provoque en nous. Et qu'il soit le domaine où nous situons les réponses dont nous avons besoin.

Mais à cette interrogation sur l'avenir d'autres réponses peuvent être apportées, celles de la science. Elle est capable, en constatant des régularités dans les transformations du réel, de réinsérer l'avenir dans le domaine accessible à nos sens et à nos raisonnements. Il n'est plus alors question de croyance mais d'une connaissance peu à peu construite.

CONSTRUIRE LA CONNAISSANCE

Le point de départ de l'attitude du scientifique est d'admettre la réalité du monde qui l'entoure et dont il fait partie. Ce n'est pas là une *croyance* mais une hypothèse de travail sans laquelle il ne peut progresser. Certes une autre hypothèse est possible sans offenser la raison : admettre que, pour chaque être pensant, la seule réalité est l'ensemble des sensations qu'il éprouve. C'est la position développée par quelques philosophes « solipsistes ». Elle a l'avantage de ne pouvoir, par définition, être démontrée fausse. En effet je peux prétendre qu'en l'absence de tout regard et de tout instrument d'observation les objets présents dans cette pièce disparaissent et se reconstituent lorsqu'ils sont à nouveau observés. Aucune expérience ne peut évidemment me donner tort. Mais c'est là un jeu de l'esprit inutile et, en tout cas non scientifique, si l'on admet avec Karl Popper qu'une théorie n'est scientifique que si elle est réfutable.

Sans avoir besoin de *croire* à une réalité extérieure, le scientifique adopte donc l'existence du monde réel comme hypothèse ; il admet que les informations reçues par ses sens sont envoyées par cette réalité hypothétique. Il lui reste à le décrire et à proposer des explications face aux événements qui s'y déroulent.

Décrire la réalité

Le langage utilisé pour cette description évolue à mesure que des aspects nouveaux de cette réalité sont observés. Nous venons de traverser un siècle au cours duquel le vocabulaire scientifique s'est particulièrement enrichi en néologismes et a modifié le sens de nombreux mots.

L'exemple le plus clair est celui des constituants ultimes de la matière. Ces constituants sont aujourd'hui tout autres que les atomes imaginés naguère. Ceux-ci ne sont, contrairement à l'étymologie du mot, nullement insécables puisqu'ils sont composés d'un noyau entouré d'un ensemble plus ou moins nombreux d'électrons ; les noyaux sont eux-mêmes composés de nucléons (protons et neutrons), lesquels sont composés chacun de trois quarks. Cette analyse s'arrêtera-t-elle à ce stade ? En quoi consistent les particules réellement « élémentaires » ?

Ce mot *particule* concerne un objet de discours si différent de ce qu'il était il y a un siècle que certains physiciens, pour bien marquer la mutation des concepts, proposent de l'orthographier *partiqule.* Parmi celles-ci, l'électron n'est plus imaginé, ainsi que l'ont appris les lycéens de ma génération, comme un tout petit grain de matière tournoyant autour du noyau d'un atome ; il échappe à nos sens et ne peut être observé que par ses effets sur nos dispositifs de détection. Pour décrire ce que nous savons de lui, il n'est plus possible d'utiliser des paramètres aussi clairs que la position ou la trajectoire ; il faut recourir à des « fonctions d'onde » mesurant la probabilité de sa présence en tel lieu à tel instant.

Pour les objets dont l'échelle de grandeur correspond aux capacités de nos propres sens, une description plus classique est possible, mais les mots qu'on utilise pour cela perdent leur sens à mesure que l'on focalise son attention sur des objets d'un ordre de grandeur plus petit. Pour des objets semblables à des électrons, une terminologie totalement différente doit être adoptée et surtout des concepts nouveaux doivent être acceptés, au point de renoncer à les localiser et à les individualiser.

Expliquer les événements

Quant à la compréhension des événements qui se déroulent dans cette réalité supposée, elle ne peut être tentée qu'en formulant de nouvelles hypothèses dont l'ensemble constitue un *modèle.* Il s'agit de définir quelques concepts tels que position, vitesse, accélération, masse, force... et de décrire leurs jeux entrelacés au moyen de formules mathématiques. En raison même de leur construction, ces modèles sont partiels et provisoires. Personne ne « croit » qu'ils sont « vrais » ; le seul critère de leur valeur est leur capacité à rendre compte des observations et à permettre des prévisions. Lorsque des observations nouvelles paraissent en contradiction avec le modèle admis, c'est sans regret, et même avec enthousiasme, que celui-ci est remplacé.

L'exemple classique de ces vagues successives de concepts améliorant la compréhension des phénomènes observés est celui de l'astronomie. Après Copernic et Galilée, les mouvements des planètes autour du soleil ont été décrits avec une précision toujours croissante. Comment expliquer leur régularité ? Le modèle proposé par Newton repose sur l'hypothèse qu'une force d'attraction s'exerce entre deux objets dotés d'une masse, la gravitation universelle. Une formule simple : $F = Gmm'd^{-2}$ permet de calculer cette force en fonction des masses « m » et « m' », de la distance « d » entre ces objets et d'une constante universelle représentée par « G ». Quelques développements mathématiques permettent alors d'expliquer magnifiquement le parcours des planètes autour du soleil ; le modèle newtonien peut donc être considéré comme valable.

Cependant il a fallu constater qu'une difficulté subsistait dans le cas de la planète la plus proche du soleil ; le mouvement de Mercure sur son orbite est bien conforme aux prévisions, mais pas le fait que cette orbite a elle-même un mouvement séculaire. Cette difficulté disparaît avec un autre modèle, celui de la relativité générale d'Einstein ; il est donc substitué au modèle newtonien, au prix, à vrai dire, d'un changement conceptuel de première grandeur : l'attraction gravitationnelle est remplacée par la notion de courbure de l'espace-temps. La masse du soleil modifie les propriétés de l'espace environnant de telle façon que le chemin le plus court d'un point à un autre n'est plus une ligne droite mais une géodésique, c'est-à-dire la trajectoire de longueur minimale, dont on peut écrire l'équation (ainsi pour aller de Paris à New York un avion parcourt une géodésique de la sphère terrestre, non une droite mais un grand arc de cercle). Le mouvement de la terre n'est plus expliqué comme résultant d'une attraction ; la terre va « droit devant elle » en suivant une géodésique, ce qui la ramène chaque année au même point.

Le passage du modèle de Newton à celui d'Einstein ne correspond pas à un changement de croyance, mais au recours à des concepts nouveaux. Le second modèle n'est pas plus *vrai* que le précédent ; il est seulement préféré car il explique mieux l'ensemble des faits observés.

Un exemple moins connu mais tout aussi éclairant est celui du rayonnement cosmique. Au cours des années 1920 les astronomes constatent que l'univers est en expansion. Les galaxies s'éloignent les unes des autres d'autant plus rapidement qu'elles sont plus éloignées. Si ce mouvement a toujours eu lieu, notre cosmos était autrefois moins étendu et, il y a quelque quinze milliards d'années, avait une dimension nulle. C'est le célèbre modèle du big bang. Comment valider cette hypothèse ? En en tirant certaines conséquences et en les confrontant avec les observations.

En 1948 un physicien, Georges Gamow, se lance dans des calculs approximatifs lui permettant d'évaluer la température du cosmos au cours des instants qui ont suivi ce big bang, ainsi que la température résiduelle après quinze milliards d'années de refroidissement. Il en conclut que le vide intergalactique doit être aujourd'hui parcouru par des rayonnements correspondant à une température absolue d'environ 6 degrés (c'est-à-dire 6 degrés au-dessus du zéro absolu situé à 273 degrés au-dessous du zéro de nos thermomètres). La publication de ce résultat n'a guère remué les foules.

Mais, dix-sept années plus tard, par hasard, deux ingénieurs des télécommunications constatent qu'effectivement un rayonnement résiduel est bien présent dans l'espace ; la température correspondante est un peu inférieure à 3 degrés absolus. Certes Gamow s'est légèrement trompé ; mais une erreur de quelques degrés au terme d'un processus qui a duré quinze milliards d'années n'est guère critiquable. L'important est qu'un rayonnement existe bel et bien et que sa présence corresponde à ce que laisse prévoir le modèle du big bang. Cela n'implique pas qu'il faille « croire » à l'hypothèse du big bang, mais qu'il est raisonnable de la conserver (d'autant que bien d'autres arguments plaident en sa faveur) tant que des faits d'observation nouveaux ne la remettent pas en cause.

Limites de la logique

Finalement le processus de la connaissance tel qu'il est proposé par la science ne fait, à aucun stade, appel à une croyance. Tout au contraire, il implique une attitude permanente de doute. Et un doute qui concerne même la propre logique des raisonnements : cette logique rencontre en effet des limites qu'elle est capable de préciser elle-même et peut se révéler incapable, devant une proposition qui a du sens, de démontrer que cette proposition est vraie ou qu'elle est fausse.

L'existence de ces limites est démontrée par le théorème de Gödel que ce philosophe et mathématicien autrichien a publié en 1931. Il montre que toute théorie, même aussi solide sur ses bases que l'arithmétique, laisse la place à des affirmations *indécidables*. Autrement dit l'ensemble des axiomes sur lesquels repose un système logique est nécessairement incomplet ; ces axiomes ne peuvent permettre de démontrer toutes les propositions vraies.

Ainsi un mathématicien du dix-huitième siècle, Goldbach, a constaté que, étrangement, face à tout nombre pair on peut écrire deux nombres premiers (c'est-à-dire qui ne sont divisibles que par un et par eux-mêmes) dont la somme est égale à ce nombre pair (par exemple 100 = 47 + 53, 102 = 5 + 97, 104 = 37 + 67). Mais cette propriété est-elle vraie pour tous les nombres pairs ? Grâce aux ordinateurs il a été possible de la vérifier jusqu'au nombre 100 000, mais cette vérification n'est pas une démonstration. Celle-ci ne pourrait sans doute être proposée qu'en ajoutant un axiome supplémentaire à ceux qui fondent l'arithmétique. Mais le soulagement serait passager. Un jour viendra où un nouveau Goldbach découvrira une nouvelle affirmation indécidable dont la démonstration nécessitera un nouvel axiome ; et cela sans fin.

Un autre exemple est fourni par la notion d'infini. Nous avons rencontré cette notion une première fois à l'école primaire à propos des nombres entiers ; leur liste n'a pas de limite. Puis nous l'avons retrouvée au collège à propos des nombres dits « réels » qui ne peuvent s'écrire qu'au moyen d'une suite sans fin de décimales ; tel est le cas de $\pi = 3,14159...$ ou de $2^{1/2} = 1,414...$ L'on sait depuis Cantor (1872) que l'infini des nombres entiers est moins riche que l'infini des nombres réels ; mais existe-t-il des ensembles infinis plus riches que le premier et moins riches que le second ? Un élève de Gödel a montré que la réponse à cette question est indécidable, au sens que l'on ne peut démontrer ni que la réponse « oui » est fausse, ni que la réponse « non » est fausse. Admettre l'une de ces réponses n'est pas un objet de croyance, c'est une possibilité de liberté que nous permet l'ensemble des axiomes sur lesquels repose l'arithmétique. Moins qu'un appel à une croyance donnant arbitrairement une des deux réponses, ce constat est une incitation à se satisfaire d'une absence définitive de réponse.

L'aventure de la science sera sans fin ; nous nous trouverons toujours devant des domaines inconnus que nous aurons envie d'enfin connaître. Cette attitude est l'apanage de notre espèce ; elle va au-delà de l'objectif donné aux hommes selon la Bible : « Peuplez la Terre et soumettez-la. » Pour le scientifique, l'obsession est de s'approcher de la réalité fascinante du cosmos non pour le soumettre mais pour l'explorer ; il consacre à cette démarche toute son énergie, toute son intelligence.

L'amoureux d'une personne inaccessible désire du moins en garder près de lui une image ; il en fait un portrait aussi véridique que possible ; le résultat est variable selon sa technique et selon son regard. La même femme aurait pu inspirer la Vénus de Brassempouy, l'Eve de Cranach, ou le portrait de Jeanne Hébuterne par Modigliani.

Le scientifique se comporte de façon semblable. Il construit un modèle de la réalité aussi proche que possible de ce que celle-ci a accepté de dévoiler d'elle. Il sait bien que ce modèle n'est pas la réalité ; il ne cherche pas à croire qu'il l'a enfin atteinte ; il lui suffit de s'en approcher.

Je crois en un seul...

Notre pensée ne peut, par définition, intégrer dans ses catégories le non-pensable. Elle peut, tout au moins, en imaginer l'existence, sans pourtant être capable de l'introduire dans le jeu de l'activité intellectuelle. Cette activité est cependant la seule que nous puissions exprimer ; nous ne pouvons donc mieux faire, à propos de l'éventuel impensable, que de projeter sur lui un langage compatible avec notre raison, alors que nous avons admis au départ que les objets évoqués n'étaient pas soumis aux catégories du raisonnable.

Les Eglises ne peuvent échapper à cette contradiction ; elles proposent des discours compréhensibles à propos de concepts qui défient notre compréhension. Le cas le plus clair est celui des religions monothéistes : en affirmant que Dieu est *un,* elles introduisent un lien entre l'évocation d'un au-delà indicible et une notion introduite par la plus humble des sciences, l'arithmétique.

En latin, « *Credo in unum Deum* » est une phrase sans ambiguïté ; en français il est nécessaire d'être plus précis en raison de la double fonction du mot *un*, à la fois article indéfini et nombre. Pour préciser qu'il s'agit d'un nombre, il faut ajouter « seul », ce qui introduit une évocation de solitude peu compatible avec les attributs que l'on associe au mot Dieu.

Cette unicité est le fondement de la doctrine des religions qui se proclament monothéistes, qu'elles se réfèrent au fondateur du peuple juif Abraham, près de vingt siècles avant Jésus-Christ, ou au pharaon Akhenaton, quatorze siècles avant Jésus-Christ. Mais une telle référence à une définition arithmétique à propos d'un concept aussi éloigné de la rigueur scientifique pose problème. Pourquoi compter les dieux, même si l'on met un terme à ce décompte dès le nombre un ?

Le concept de nombre

Puisque l'on évoque un nombre à propos de Dieu, il est de bonne discipline intellectuelle de s'interroger sur la signification de ce concept et sur le cheminement logique qui permet de l'introduire. Ce cheminement, tel que le proposent les logiciens aujourd'hui, peut paraître inutilement compliqué mais il est nécessaire si l'on veut être rigoureux.

Le mathématicien John von Neumann, par exemple, propose de faire le parcours suivant pour aboutir à la notion de nombre : constituez deux tas, l'un fait avec des fourchettes, l'autre avec des tasses. Posez-vous alors la question : « Ces deux tas sont-ils différents ? » La réponse est oui, si l'on sait distinguer une tasse d'une fourchette. Enlevez alors quelques éléments à chacun des tas. A la même question la réponse est toujours « oui ». Cependant, il viendra un moment où, à force d'en enlever, il ne restera plus ni fourchette ni tasse ; cette fois la réponse à la question sera « non ». Impossible de distinguer un tas de tasses dont tous les éléments ont été enlevés d'un tas de fourchettes dont tous les éléments ont disparu ; ces deux ensembles sont vides. Ils ne peuvent être distingués ; tous les ensembles vides sont identiques. Eh bien, dit le mathématicien, j'appelle **zéro** l'ensemble vide et **un** l'ensemble des ensembles vides. Après quoi il est facile de construire le nombre **deux** comme un ensemble dont les éléments sont l'ensemble vide, et l'ensemble des ensembles vides, puis, par le même procédé, de définir sans fin les nombres successifs.

Le caractère apparemment paradoxal de cette construction des nombres vient de ce que le point de départ est le vide, l'absence de tout élément ; c'est cette absence qui implique l'unicité ; en effet deux ensembles ne peuvent être distingués qu'en fonction de la nature et du nombre des éléments qui les constituent ; cette distinction est impossible lorsque aucun de ces éléments n'est présent.

LE NON-REPRÉSENTABLE ET LE NON-PENSABLE

Associer, comme le font les religions monothéistes, le concept de Dieu au nombre un implique, si l'on suit la voie de von Neumann pour définir les nombres, une réflexion sur le vide, comme si le chemin menant au monothéisme devait passer par l'étape de l'athéisme. Cette réflexion peut prendre appui sur la façon dont les artistes égyptiens ont représenté le pharaon qui a tenté d'imposer le monothéisme à son peuple. Un bas-relief de Tell el-Amarna montre Akhenaton, suivi de la reine Néfertiti, adorant le disque solaire. Mais peu importe, me semble-t-il, que ce disque figure le soleil ; il est surtout une figure géométrique parfaite, un cercle. Cette figure manifeste la propriété paradoxale de polariser l'attention sur un point qui n'est pas figuré, son centre. Il a été nécessaire pour tracer le cercle, mais une fois que celui-ci est gravé, le centre peut disparaître sans pour autant perdre de réalité. Semblable à « l'ensemble vide », l'intérieur du cercle ne comporte aucun point, il n'en est pas moins évocateur du centre qui l'a généré. Je peux le reconstituer à partir de trois points quelconques pris sur ce cercle ; la géométrie élémentaire m'apprend comment procéder au moyen d'une règle et d'un compas. Ce centre est donc potentiellement présent sans être visible. Il échappe à nos sens tout en étant présent dans notre pensée.

Cette métaphore rend peut-être moins douloureux le silence de Dieu qui bouleverse tant parfois ceux qui tentent de s'adresser à Lui.

Sans chercher à conduire plus loin l'analogie, constatons que l'ensemble vide, justement parce qu'il est non descriptible, est unique. L'unicité de Dieu peut, de la même façon, être considérée comme la conséquence, nécessaire selon notre logique humaine, du fait qu'il est non pensable. L'affirmation de son unicité n'est alors qu'un pléonasme.

L'INCONFORTABLE MONOTHÉISME

Malgré une adhésion de façade, nos contemporains sont aussi gênés par l'unicité divine que l'étaient les Egyptiens à l'époque d'Akhenaton. La religion catholique, sans l'avouer, bat en brèche cette unicité en distinguant trois personnes au sein de Dieu ; mais le remède est pire que le mal tant cette description est incompréhensible. Comment accepter l'affirmation que la distinction entre le Père, le Fils et le Saint-Esprit « n'introduit aucune division dans le Dieu unique » comme le prétend le Nouveau Catéchisme de l'Eglise catholique ?

Pour que les fidèles adhèrent malgré ces difficultés à l'essentiel du discours, cette unicité est remplacée par la dualité Dieu Satan, dualité autrement plus facile à concevoir que la trinité. Ce qui était un défi à la compréhension est ainsi ramené à des situations banales de conflit entre deux personnes ; celles-ci sont présentées comme les protagonistes d'un combat, le bien contre le mal, très semblable à ceux qui se produisent sur notre planète. Pour faire bonne mesure, ces personnages disposent, comme nos gouvernants, de légions de serviteurs, anges ou démons de toutes catégories, sans compter les saints innombrables de l'Eglise romaine.

Peuvent-elles vraiment se prétendre monothéistes les religions qui acceptent une telle prolifération de personnages jouant les intermédiaires et rendant poreuse la frontière entre l'*en deçà* et l'*au-delà* ?

Finalement cette unicité proclamée de Dieu a peut-être une signification concernant avant tout l'Homme. Le philosophe Jean Halpérin, spécialiste de la pensée juive, m'a rappelé cette phrase d'Emmanuel Levinas : « Le monothéisme n'est pas une arithmétique du divin. Il est le don, peut-être surnaturel, de voir l'homme absolument semblable à l'homme, sous la diversité des traditions historiques que chacun continue. »

Introduire la notion de nombre à propos de l'Homme est finalement plus pertinent qu'à propos de Dieu. Nous faire comprendre l'unicité de notre espèce et nous conduire à en tirer les conséquences peut alors être l'apport le plus décisif du monothéisme. Certes les humains sont, dans leur réalité concrète, tous différents, mais ils recèlent tous la même capacité à s'intégrer dans la communauté humaine. Cette intégration réalise leur métamorphose ; ils sont au départ des individus faits par la nature, à la façon dont elle produit aveuglément tous les autres animaux, tous les autres objets ; ils deviennent, par leur entrée en humanité, des personnes capables de se savoir être. L'unicité divine peut être regardée comme le reflet de cette singularité humaine.

Je crois en un seul Dieu...

Mais de quoi, de qui, est-ce que je parle lorsque je prononce ce mot ?

Il suffit de formuler cette question pour comprendre qu'il n'y aura pas de réponse.

Ce mot est si lourd de résonances, il a été utilisé dans des occasions si diverses, souvent dramatiques, que je lui associe les instants les plus denses de ma vie. Que de fois j'ai senti la nécessité d'un interlocuteur alors que personne ne me faisait face ! Que de fois je me suis senti impuissant alors qu'il fallait réagir ! Que de fois mon cheminement m'a mené à des carrefours alors que rien ne permettait de choisir la bonne voie ! Au cœur du désarroi le mot Dieu est venu sur mes lèvres, il s'est installé dans ma pensée, a orienté mes réflexions.

A vrai dire, pour moi, comme pour ceux

dont la culture a été façonnée par l'Eglise catholique, ce mot, lorsque j'y ai eu recours, n'était pas isolé. Il était accompagné d'un possessif : mon Dieu. Cette appropriation est signe d'une attitude intérieure créant un lien entre Moi et cet Autre. Mais un lien dont je peux définir seulement l'une des extrémités, comme une corde lancée dont on espère, sans rien en savoir, qu'elle sera saisie, la corde des fakirs qui déjoue, paraît-il, la gravitation et, verticale, se perd dans le ciel.

Ce mot, il a bien fallu que je l'apprenne comme tous les autres mots de ma langue ; ce qu'il désigne, il a bien fallu que mon entourage me le précise comme pour tous les concepts structurant ma pensée ; mais ce mot, ce concept, sont de ceux qui perdent leur consistance à mesure que l'on tente de les saisir, qui s'éloignent et s'évanouissent dans le brouillard à mesure que l'on tente de s'en approcher, aussi inaccessibles que l'horizon.

Comment parler à ce propos en respectant la règle de base de la science : justifier chaque affirmation par un raisonnement faisant découler ce que l'on affirme, avec une logique rigoureuse, d'une affirmation antérieure ? Cette règle nécessite de ne jamais recourir à une révélation, c'est-à-dire à une parole venue d'ailleurs et supposée être par nature conforme à la vérité. Il ne s'agit pas de mettre en doute la sincérité de ceux, prophètes ou saints, qui déclarent avoir été bénéficiaires d'une révélation et en diffusent le contenu ; ils ont entendu une parole, parfois ils ont vu une personne ; mais force est de constater qu'aucune preuve ne peut être donnée de la réalité de cette parole, de cette vision. La nature divine de leur message ne peut donc être considérée que comme une hypothèse, à laquelle il est loisible d'adhérer ou non.

Une autre conséquence de l'attitude scientifique est la nécessité de donner aux mots un sens rigoureusement défini, en évitant les glissements qui se produisent lors du passage d'un domaine à un autre. Avec le mot Dieu il apparaît que cette définition ne peut être approchée qu'en énumérant les caractéristiques qui lui sont attribuées. C'est donc en évoquant ces caractéristiques et non par son essence propre que l'on peut préciser ce que l'on entend par ce mot.

Autant que je me souvienne, la phrase qui, une fois l'enfance crédule dépassée, a déclenché en moi une cascade d'interrogations est celle de saint Jean débutant son Evangile par : « Au commencement était le verbe. » Pour moi le commencement ne pouvait être que la personne de Dieu. Il faisait partie des vivants, avec la particularité de n'être pas visible, ce qui n'enlevait rien à Sa réalité. Soudain, j'apprenais qu'Il n'était pas un membre de cette communauté des êtres vivants mais un verbe, une parole. Comment comprendre ce terme ?

Le propre d'une parole est de n'avoir de portée que si elle est entendue. Que le point de départ soit une parole signifie donc que tout a commencé par un échange, une rencontre. Le mot Dieu n'évoque plus alors un interlocuteur face à moi, mais un lien qui se crée et donne par là même réalité aux deux êtres qu'il met en correspondance. Par cette phrase saint Jean met la conscience des hommes, eux qui sont capables d'entendre la parole initiale, au niveau de l'acte créateur.

Le regard est tout différent si l'on se réfère à une autre rencontre, celle de Moïse au

Sinaï. Lorsque Moïse lui demande Son nom, Dieu répond : « Je suis Celui qui suis. » La traduction, paraît-il, est très imparfaite mais notre langue n'en permet pas de meilleure. Il faudrait disposer d'une conjugaison plus riche comportant, comme certaines langues du Moyen-Orient, un temps dit « inaccompli » ; ce temps évoque le déroulement des actions en cours sans que leur effet soit réalisé. Dieu se définirait ainsi comme Celui qui est en permanente construction.

Cette réponse marque la différence entre Dieu et les autres êtres conscients. Pour dire « je » un humain doit sortir de sa personne, se considérer comme étranger à lui-même, ce qu'a si bien exprimé Arthur Rimbaud avec son célèbre « Je est un autre ». L'association de ces quatre mots est grammaticalement incorrecte ; le sujet est à la première personne, le verbe à la troisième ; mais elle exprime avec lucidité la réalité humaine. Elle constate que l'attitude consistant à dire « je » nécessite de se dissocier de soi, d'en parler comme si l'on était un autre, de porter sur ce soi un regard extérieur ; un humain ne peut dire que « je est ».

Le Dieu de la Bible au contraire peut dire « Je suis », parler de soi en restant Soi. Son refus de Se désigner par un nom signifie qu'Il n'a pas besoin du regard des autres sur Lui pour exister. Cette capacité peut nous aider dans notre recherche d'une définition, mais par une voie opposée à celle de saint Jean.

Je crois en un seul Dieu le Père...

Quelle étrange idée, après avoir introduit Dieu comme échappant aux catégories de notre univers concret, de Le présenter comme équivalent à l'un des acteurs du processus de la procréation ! Elle est révélatrice d'un manque dramatique d'imagination et de la rémanence dans les esprits de vieilles explications, dont il est pourtant maintenant admis qu'elles sont contraires à la réalité. Dans de nombreuses cultures le père de famille a été regardé comme le seul géniteur, celui dont la matière a produit l'enfant, la mère n'ayant qu'un rôle secondaire. Cette explication du véritable mystère qu'est la procréation permet à notre esprit d'avoir une image, certes fausse mais claire, de la succession des générations. Cette succession est décrite par la liste des pères, des fils, des petits-fils, tandis que les mères et les filles ne sont regardées que comme des impasses dans le cheminement de la collectivité humaine à travers les siècles.

Les exemples les plus significatifs d'une telle vision sont les énumérations retraçant la généalogie de Jésus. Au début de son Evangile, Matthieu donne les noms des ancêtres de Jésus au cours de quarante-deux générations se succédant à partir d'Abraham ; Luc, au chapitre 3 du sien, remonte en soixante-seize générations jusqu'à Adam. Chacun de ceux qui sont nommés est relié par une flèche à celui qui l'a précédé. Tout est simple, mais il ne s'agit que de mâles.

REPRODUCTION ET PROCRÉATION

La réalité pourtant est tout autre. Nous savons maintenant (à vrai dire depuis peu de temps, un siècle et demi) que la procréation implique deux individus dont les rôles, du moins à l'instant de la conception, sont rigoureusement symétriques. Le père n'a nullement une importance supérieure ; il est, tout comme la mère, incapable de procréer seul. Il y aurait donc d'aussi bonnes (ou plutôt d'aussi mauvaises) raisons de dire *Dieu la mère* que *Dieu le père*. Il suffit de formuler tout haut ou d'écrire *Dieu la mère* pour ressentir ces mots comme scandaleux, comme blasphématoires. Comment oser attribuer à Dieu le sexe féminin ? Mais le scandale est identique, le blasphème aussi grave, lorsque nous lui attribuons le sexe masculin. Ces deux formulations nient la réalité de la procréation ; celle-ci réalise, grâce au déroulement d'un processus aléatoire, un individu nouveau. Il est paradoxal, ayant défini Dieu comme ayant une capacité sans limites, de Le présenter comme participant à une fonction, la paternité, dont nous savons qu'elle ne peut s'exercer seul.

Il y a quelques milliards d'années, alors que la reproduction non sexuée était celle de tous les êtres vivants, cette évocation d'une source biologique unique de chaque individu était conforme à la réalité ; il n'aurait alors pas été illogique d'utiliser ce schéma pour tenter de décrire le lien entre l'en deçà et l'au-delà. Mais cette image n'a plus aucun sens depuis que certaines espèces, dont la nôtre, ont remplacé, il y a sans doute moins d'un milliard d'années, la reproduction par la procréation.

Lois de Mendel

La production d'un individu, c'est-à-dire d'un être « indivisible », à partir de deux, pose un problème logique qui est resté longtemps sans solution. Les philosophes et les scientifiques du dix-huitième siècle avaient même renoncé à espérer une réponse : d'Alembert admet dans l'*Encyclopédie* que « le mystère sur ce sujet est impénétrable de sa nature ».

La clé a été fournie, sans qu'il mesure la portée de sa découverte, par le botaniste Mendel en 1865. Dans son article « Recherches sur l'hybridation des plantes », il fait l'hypothèse de la double commande de chaque caractéristique élémentaire telle que la couleur des pois qu'il étudiait dans son jardin de Brno. Dans les espèces sexuées, végétales ou animales, chaque individu reçoit pour chaque caractéristique deux informations ; nous les appelons maintenant les gènes. Lors de la procréation, un seul de ces gènes est transmis par chacun des géniteurs. Ce qui est transmis est le résultat d'un tirage au sort donnant la même chance à chacun. La caractéristique essentielle de la procréation est donc l'intervention d'un processus aléatoire, ce qui remet en cause bien des idées reçues concernant la transmission entre parents et enfants et rend, par exemple, irréaliste, lorsque les caractéristiques biologiques sont évoquées, le dicton : « Tel père, tel fils. »

L'assimilation de Dieu à un père ne serait qu'un non-sens si l'on s'en tenait à la signification du mot, mais le résultat dans nos esprits est un véritable contresens car elle suggère l'assimilation d'un père à un dieu. Les religions qui utilisent cette présentation de Dieu sous-entendent que le père de famille jouit d'une autorité de nature quasi divine. C'est toute la structure sociale qui s'en trouve orientée ; en attribuant implicitement un sexe masculin à Dieu, elles créent une dissymétrie fondamentale au profit du mâle.

L'Eglise romaine a tiré de cette vision des conséquences extrêmes en exigeant le célibat des prêtres et en interdisant aux femmes les fonctions ecclésiales les plus prestigieuses.

Il n'est pas excessif de constater que Mendel, en dévoilant avec ses petits pois en quoi consiste le processus de la procréation, a apporté une lucidité dont les conséquences s'étendront jusque dans les structures de la famille, de la société, et des institutions liées aux religions. C'est là un bel exemple d'une révolution conceptuelle aux prolongements inattendus. Il est vrai qu'elle concerne un processus qui obsède notre imagination (il s'agit de l'origine de chacun de nous) et qui, jusqu'à la découverte de la double commande des êtres sexués, était resté totalement inexpliqué. Hélas la mise en cohérence de ces structures et de cette lucidité ne se réalise que lentement. Combien de siècles faudra-t-il encore pour admettre qu'attribuer un sexe à Dieu est un blasphème ?

Je crois en un seul Dieu le Père Tout-puissant...

Les religions pour lesquelles l'au-delà est peuplé de plusieurs dieux admettent logiquement que ceux-ci se partagent l'exercice du pouvoir ; chacun a son domaine privilégié. L'hypothèse monothéiste implique au contraire que le Dieu unique les concentre tous. Etant unique, Dieu ne peut que régner sans partage, du moins dans l'au-delà.

Un problème par contre surgit lorsque nous admettons que ce pouvoir se manifeste dans l'en deçà. Ce domaine dans lequel nous évoluons, nous nous efforçons de le décrire et de l'expliquer en développant les diverses disciplines scientifiques. Comment les explications proposées par celles-ci peuvent-elles laisser une place à l'hypothèse que certains événements résultent d'une volonté divine ?

Admettre que Dieu puisse intervenir dans le monde concret c'est accepter, pour les processus qui s'y déroulent, une dépossession de leur rôle. Ne risque-t-on pas de se heurter à une incompatibilité entre la régularité des lois de la nature et la survenue éventuelle de miracles ?

Opposition entre déterminisme et liberté

L'hypothèse initiale de la science est que l'univers est le siège d'interactions agissant partout et toujours de la même façon. Ainsi les objets dotés d'une masse s'attirent les uns les autres. Plus exactement, tout se passe comme si les objets en question s'attiraient ; l'expérience montre que ce modèle explique aussi bien le mouvement des planètes autour d'une étoile que la chute des pommes. De même, les objets dotés d'une charge électrique s'attirent ou se repoussent selon la nature, positive ou négative, de cette charge. Toutes ces interactions sont exprimées par des formules mathématiques qui décrivent les « lois » auxquelles les éléments du cosmos sont rigoureusement soumis.

Ces formulations évoluent à mesure que la science progresse ; mais ces changements dans l'explication proposée laissent intacte l'idée que les forces en action sont immuables. Ainsi les interactions provoquées par les masses des objets étaient décrites depuis Newton en évoquant une force d'attraction que l'on peut calculer au moyen de la formule $F = Gmm'/d^2$. Einstein a proposé, nous l'avons vu, de remplacer cette notion d'attraction par celle de courbure de l'espace ; une formule faisant appel à de tout autres paramètres permet d'en préciser les conséquences. La description change, mais l'hypothèse fondamentale reste que les interactions liées aux masses des objets sont constitutives de notre univers.

Chaque discipline scientifique a ainsi proposé diverses lois résumant les phénomènes qu'elle avait étudiés. Il est remarquable que la science du vingtième siècle soit parvenue à ramener l'ensemble initialement hétéroclite de ces diverses interactions au jeu de quatre forces élémentaires : la gravitation, la force électromagnétique et deux forces nucléaires (c'est-à-dire agissant à l'intérieur du noyau des atomes). Tout ce qui se produit dans l'univers semble le résultat des effets entrelacés de ces quatre interactions. L'infinie diversité des apparences est donc le résultat du jeu d'innombrables acteurs qui ne connaîtraient que quatre rôles (innombrable est un qualificatif à peine excessif ; selon certains astrophysiciens l'univers contiendrait de l'ordre de 10^{70} particules). Le répertoire est peu varié, mais les situations sont toujours nouvelles.

L'important pour notre réflexion est que ces acteurs sont supposés réagir les uns face aux autres en tenant leur rôle de façon rigoureuse ; pas le moindre écart à l'obéissance aux lois n'est constaté dans cette troupe.

Cette rigueur a parfois été présentée comme un obstacle aussi bien à l'hypothèse de la liberté humaine qu'à celle de la toute-puissance de Dieu. Supposons en effet que tous les événements se déroulant dans le cosmos soient le résultat des forces en action : chacune des quatre forces que nous avons évoquées fait loyalement son métier, les masses attirent les masses, les charges électriques s'attirent ou se repoussent. Le résultat est que la connaissance de l'état de l'univers en un instant permet, du moins théoriquement, d'en déduire son état à l'instant suivant, et cela de proche en proche, indéfiniment. L'avenir est vu comme déjà défini par le présent.

Un physicien philosophe, Laplace, a poussé cette description à l'extrême au début du dix-neuvième siècle. Voltaire comparait l'univers à une horloge ; pour Laplace les rouages de cette horloge sont rigoureusement interdépendants aussi bien dans le temps que dans l'espace ; connaître leurs positions aujourd'hui permet de connaître celles de demain. Le cosmos dans son ensemble est enfermé dans une trajectoire préétablie dont il ne peut s'écarter. Le réel actuel implique le réel futur.

Cette vision transposait dans le domaine des événements concrets la vision de la « prédestination » proposée par Jean Calvin dans le domaine spirituel : le sort éternel de chacun de nous est déjà fixé.

Dans un univers ainsi soumis au déterminisme, aucune intervention venant de l'extérieur ne peut avoir de prise, qu'elle soit tentée par les êtres conscients que sont les humains ou par une divinité. Cette intervention ne pourrait se manifester qu'en violant le déterminisme des événements ; or, par hypothèse, rien ne peut empêcher que ceux-ci se succèdent en respectant les lois. L'aboutissement de ce cheminement logique est que le concept de liberté humaine est un leurre ;

il en est de même de celui de toute-puissance divine.

PHYSIQUE QUANTIQUE ET CHAOS

Cette vision a été profondément révisée par la science du vingtième siècle. Elle a renouvelé les termes du raisonnement proposé par Laplace, notamment par la description quantique du comportement des particules élémentaires et par l'introduction du concept de processus chaotiques.

Un processus est « chaotique » lorsque son aboutissement à long terme ne peut être prévu quelle que soit la précision, nécessairement limitée, de la connaissance de l'état initial. Un exemple classique est fourni par le problème dit « des trois corps ».

Si l'on imagine un univers ne comportant que deux corps soumis à l'attraction gravitationnelle, ainsi l'ensemble soleil-terre, les formules traduisant cette attraction permettent de calculer les positions de ces deux corps aussi loin qu'on le désire dans l'avenir ; dans ce processus simple le chaos ne se manifeste pas. Mais si l'on considère un trio, ainsi en tenant compte simultanément du soleil, de la terre et de la lune, ces formules entraînent une imprécision de plus en plus grande à mesure que l'on se projette dans un futur plus lointain. L'imprécision initiale est multipliée par 1,00000025 chaque année. Cela peut sembler insignifiant ; en effet au bout de cent mille ans la marge d'erreur n'est accrue que de 2 %, mais, si l'on prolonge jusqu'à la cent millionième année, cette marge sera multipliée par près de cent milliards, ce qui enlève toute signification au résultat des calculs.

De tels processus cháotiques risquent de se manifester et de rendre impossible toute prévision chaque fois que plusieurs causalités entrelacent leurs effets. Même dans l'hypothèse d'une soumission absolue à des lois rigoureuses, notre univers est la proie d'interactions qui le rendent imprévisible.

Mais cela signifie-t-il qu'il est indéterminé ? Nous pourrions admettre que, certes, nous ne pouvons savoir où va l'univers, mais que, pour autant, son chemin n'en est pas moins déjà tracé. Les concepts introduits par la physique quantique semblent contredire une telle position.

Le physicien Max Planck a proposé en 1900, pour résoudre certains paradoxes, d'admettre le caractère granulaire des caractéristiques qui nous permettent de décrire la réalité. Aucune longueur ne peut être inférieure à $1{,}6.10^{-33}$ centimètre, aucune durée à $5{,}4.10^{-44}$ seconde. Ces limites ne résultent pas d'une imperfection provisoire de nos instruments ; elles correspondent à la structure du monde réel. Une caractéristique quelconque en un instant donné ne peut donc être décrite qu'avec une précision limitée, ce qui rend l'avenir lointain fondamentalement aléatoire. Pour les particules, les notions de forme ou de localisation perdent ainsi leur pertinence ; leur réalité présente comme leur devenir ne peuvent être décrits qu'en termes de probabilités ; pour elles le présent ne contient pas l'avenir.

Ainsi est éliminée la contradiction, que l'on pouvait croire fondamentale, entre les processus qui se déroulent dans le monde réel et l'hypothèse d'une intervention venue d'ailleurs, que cette intervention soit le résultat d'une liberté humaine cherchant à s'exercer ou celui d'une toute-puissance se manifestant de l'au-delà.

La toute-puissance : pour quoi faire ?

Cette conclusion peut rassurer ceux qui craignent que le domaine laissé au divin soit peu à peu grignoté par les progrès de la compréhension du concret. La science d'aujourd'hui ne semble plus poser problème à ce point de vue aux hommes de foi. Pour ceux qui admettent l'existence d'une toute-puissance extérieure à notre cosmos, la question est moins : « Cette toute-puissance peut-elle s'exercer ? » que : « Son détenteur a-t-Il l'intention de l'exercer ? » et : « Comment se comporter face à Lui ? »

Si celui-ci s'en sert réellement, Il ne respecte pas vraiment les pouvoirs qu'Il avait Lui-même attribués aux hommes. Une des phrases clés de Son intervention initiale, telle qu'elle est reportée par la Genèse, avait été, s'adressant aux hommes et à eux seuls : « Emplissez la Terre et soumettez-la. » Selon ce récit Il avait donc, après l'avoir exercée, délégué sa toute-puissance à notre communauté humaine. Respecter ce transfert de compétence signifie prendre en charge nous-mêmes le devenir de notre domaine et non pas supplier le Tout-Puissant de prendre des décisions conformes à nos vœux.

Dans cette optique toute prière ayant pour but d'infléchir le cours des événements est une véritable trahison des consignes reçues. C'est à nous de prendre les choses en main, sans tenter d'en reporter la charge, la responsabilité, sur l'au-delà.

Notre culture, hélas, multiplie de telles attitudes de soumission. Un exemple caricatural est celui de l'hymne anglais par lequel le peuple supplie Dieu de bien vouloir « sauver le roi ». Cet appel formulé par des millions de personnes est-il plus efficace que celui formulé par une simple famille lorsque la personne à sauver n'est que Mr Smith ? Un statisticien anglais célèbre a fait l'étude comparative et conclu que la différence est non significative : le nombre des supplications ne semble guère avoir d'effet. En bonne logique, ce constat aurait dû entraîner l'abandon de ces paroles.

La croyance en une toute-puissance à laquelle il suffirait de s'adresser pour orienter selon nos désirs le cours des événements est surtout un résidu de nos réflexes d'enfants, lorsque nous nous sentions sans pouvoir et étions entourés de parents qui, eux, pouvaient agir. Devenir adulte, s'intégrer à la communauté humaine, nécessite de quitter cette attitude et de ne pas mêler Dieu à nos insuffisances.

« Dieu est innocent de la toute-puissance dont certains veulent L'accabler. » Cette phrase de la théologienne protestante France Quéré suffit à situer dans une nouvelle perspective notre quête d'un sens renouvelé des paroles du Credo. La toute-puissance de Dieu n'est pas ici mise en doute. Mais elle Lui est attribuée presque malgré Lui, Il en est « innocent ». C'est à nous de prendre en charge ce qui se passe dans l'*en deçà.*

... le Père Tout-puissant créateur du ciel et de la terre...

« Du ciel et de la terre », c'est-à-dire de l'univers, ou plutôt de l'Univers avec une majuscule, celui qui englobe la totalité de ce qui existe. Ce mot si souvent utilisé semble ne pas poser problème, en fait cette définition d'un Univers considéré comme un Tout recèle une contradiction. Le problème est semblable à celui devant lequel les mathématiciens ont dû déclarer forfait lorsqu'ils ont affronté le concept d'ensemble de tous les ensembles.

L'impossible définition du Tout

Il s'agissait pourtant d'un cheminement apparemment sans chausse-trape : un ensemble est une collection, ainsi cette page est une collection de signes. Ce livre qui rassemble une centaine de pages est un ensemble d'ensembles. Ma bibliothèque constituée de nombreux livres est un ensemble d'ensembles d'ensembles. On peut ainsi définir des ensembles toujours plus riches englobant, à la façon des poupées russes, les ensembles définis auparavant ; et l'on peut poursuivre jusqu'à ce que l'on parvienne à *l'ensemble de tous les ensembles.*

Tout cela semblait clair jusqu'à ce que l'on pose la question : cet ensemble de tous les ensembles fait-il partie des ensembles qui se contiennent eux-mêmes ou des ensembles qui ne se contiennent pas eux-mêmes ? On constate alors qu'accepter l'une de ces positions c'est démontrer que l'autre est vraie, elles sont pourtant contradictoires. Une expérience a été proposée par Bertrand Russel pour faire comprendre cette difficulté : faites le catalogue de votre bibliothèque ; il constitue, si cette bibliothèque est riche, un livre que vous mettez dans votre bibliothèque ; vous avez alors le choix de faire figurer ou non ce catalogue dans la liste des livres ; il y a donc deux sortes de catalogues : ceux qui se contiennent et ceux qui ne se contiennent pas. Faites ensuite le tour des bibliothèques de vos amis, regardez leurs catalogues et faites le catalogue des catalogues qui ne se contiennent pas : ce dernier, le catalogue des catalogues, appartient-il à l'ensemble de ceux qui se contiennent ou à l'ensemble de ceux qui ne se contiennent pas ? Admettre la première hypothèse, c'est démontrer la seconde et réciproquement. Impossible d'échapper à cette incohérence qui résulte de ce que l'on a implicitement accepté, le concept d'*ensemble de tous les ensembles.* (De façon plus imagée cette difficulté est décrite par l'apologue : « Dans mon village tous les hommes sont rasés chaque matin ; le barbier rase tous les hommes qui ne se rasent pas eux-mêmes et seulement ceux-là. » Tout semble clair, jusqu'à ce que soit posée la question : qui rase le barbier ?)

C'est la définition d'une totalité, d'un univers, qui pose problème. Lorsque nous évoquons notre cosmos nous l'imaginons comme un immense objet qui contient tout ce qui existe, mais comment se représenter ses limites ? Elles ne peuvent être définies car, comme toute limite, elles sépareraient ce qui appartient à cet ensemble de ce qui ne lui appartient pas, or, par définition, tout appartient à l'univers.

En particulier penser Dieu comme extérieur à l'univers c'est admettre qu'Il n'existe pas, au sens où l'existence est un attribut de tous les éléments de cet univers. Sans doute peut-on interpréter ainsi la remarque d'un philosophe affirmant que Dieu n'a pas besoin d'exister pour être.

Notre esprit, avec un certain effort, peut admettre que l'univers n'a pas de limites spatiales définissables. L'effort est plus difficile encore à propos du temps. Comme pour tout objet ayant une histoire, nous nous interrogeons à propos du début et de la fin de cet univers. Comment les définir ?

L'INCOHÉRENTE HISTOIRE DU TEMPS

Pour commencer, observons ce que la science nous dit de la fin de l'univers et constatons qu'elle nous laisse actuellement dans le flou. Certes les perspectives sont précises localement ; l'avenir du système solaire est clair : dans cinq milliards d'années le soleil aura presque épuisé ses réserves et entrera dans un processus aboutissant à son implosion ; mais l'humanité aura disparu bien avant ; pour elle la perspective de cet événement n'est guère inquiétante.

A l'opposé de cette précision locale, la science est actuellement dans l'impossibilité de choisir entre deux hypothèses pour le devenir lointain du cosmos dans son ensemble : soit une expansion sans fin accompagnée d'un refroidissement, soit un arrêt de cette expansion suivi d'une contraction aboutissant, dans quelques dizaines de milliards d'années, à un *big crunch* symétrique du big bang.

Que le cosmos ait pour destin de se dissoudre lentement dans une glacière ou de se précipiter dans une fournaise est une interrogation passionnante pour les astrophysiciens ; mais elle est, à vrai dire, de peu d'importance pour la plupart des humains.

Ils peuvent par contre se sentir concernés par ce que la science nous propose à propos de l'origine de l'univers. Au cours du vingtième siècle, elle a renouvelé la formulation de cette question en constatant, durant les années 1920, l'expansion du cosmos : les galaxies s'éloignent de nous, à une vitesse d'autant plus élevée qu'elles sont plus lointaines. Cette expansion nous permet de faire des hypothèses sur son passé : hier les galaxies étaient plus proches qu'aujourd'hui, il y a mille ans plus proches encore ; un calcul rapide permet d'admettre qu'il y a environ dix ou quinze milliards d'années elles étaient toutes rassemblées. C'est l'hypothèse maintenant célèbre du big bang.

Cette explosion cosmique est parfois présentée comme l'événement origine de l'univers, son instant zéro. Mais cette vision d'un commencement situé dans la durée pose problème car elle suppose implicitement que le temps s'écoulait avant ce big bang ; cette hypothèse n'est guère cohérente avec notre conception du temps. Son écoulement n'a de sens que dans la mesure où des événements se succèdent. C'est cette succession des événements qui génère le temps et non le temps qui spontanément s'écoule pour permettre à ceux-ci de se succéder ; rappelons-nous la phrase de saint Augustin : « Si rien ne se passait, il n'y aurait pas de temps passé. » Le big bang étant défini comme l'origine à la fois de l'espace et des objets qu'il contient, il est nécessairement l'origine du temps ; ce dernier n'a commencé à s'écouler qu'à partir de cet instant ; il n'y a donc pas eu d'« avant ».

Pour tous les processus qui se déroulent au sein du cosmos il est possible de décrire la succession des événements qui se sont produits, certains avant que ce processus ne commence, d'autres alors qu'il se déroulait, d'autres enfin après qu'il s'est terminé ; il est ainsi situé dans la durée comme il peut l'être dans l'espace. Notre esprit n'éprouve pas de difficulté à imaginer, par exemple, la réalisation de notre planète, il y a quelque quatre milliards et demi d'années ; des poussières tournoyant autour de l'étoile soleil se sont agglutinées, puis elles ont créé cet objet, la terre, et celle-ci sera, dans cinq milliards d'années, détruite par les soubresauts du soleil. La science peu à peu décrit cette succession d'événements et les explique par l'action des forces à l'œuvre depuis l'origine. Chaque étape de cette formation est située dans le temps entre un avant et un après. Notre esprit domine facilement les raisonnements nécessaires.

Mais il se trouve démuni lorsqu'il s'interroge non plus sur l'origine d'un élément du cosmos, que ce soit une particule, une étoile ou une galaxie, mais sur l'origine du cosmos lui-même (à la façon, nous l'avons vu, dont les mathématiciens se sont trouvés perplexes lorsqu'ils sont passés de l'étude d'ensembles à l'étude de l'ensemble de tous les ensembles).

Il est aisé de penser l'« après-big bang », notre expérience quotidienne en est une parcelle ; mais il serait contradictoire avec le modèle du big bang de penser son « avant », cet ensemble d'instants qui seraient survenus alors que le temps ne pouvait s'écouler !

Dépourvu d'un « avant », le big-bang, qui marque l'instant zéro, ne peut avoir été un événement comme un autre. Il est possible, en remontant dans le passé, de s'approcher de cet instant, aussi près que les progrès de la théorie nous le permettent, mais il est inatteignable.

Cette impossibilité est mise en évidence par les physiciens lorsqu'ils décrivent le déroulement des processus qui se sont produits après le big bang. A mesure que leurs connaissances s'améliorent, ils sont capables de décrire l'état dans lequel était l'univers en se situant toujours plus près de l'instant initial : ils décrivent cet état lorsque l'univers était âgé d'une seconde, puis d'un dixième de seconde, puis d'un millième, puis... Ils s'approchent de l'instant zéro, mais il est exclu qu'ils puissent un jour l'atteindre.

Une astuce mathématique permet d'abandonner sans drame apparent l'espoir d'atteindre l'instant origine ; elle consiste à changer l'échelle de mesure du temps et à remplacer la variable T, qui exprime le nombre de secondes écoulées depuis l'origine, par son logarithme (voir l'encadré ci-dessous). Ce changement d'échelle n'a rien de mystérieux, il substitue à un nombre N un nombre *a* tel que $N = 10^a$. Ce nombre *a* existe pour tous les nombres N positifs, mais pas pour zéro. Il n'y a pas de logarithme de zéro.

Logarithmes

A tout nombre positif N il est possible de faire correspondre un nombre a tel que $N = 10^a$, a est le « logarithme à base 10 » de N que l'on écrit log(N). L'intérêt du passage d'une série à l'autre est de remplacer des multiplications par des additions. En effet :

$$NxN' = 10^a \text{ x } 10^{a'} = 10^{a+a'}.$$

Le logarithme du produit est égal à la somme des logarithmes des facteurs :

$$\log(NxN') = \log(N) + \log(N').$$

Si N est une variable mesurant une caractéristique qui évolue, a évolue à un rythme tout différent : si N est multiplié par le coefficient k, a augmente de log(k).

Cette propriété est, par exemple, utilisée par certains psychologues pour expliquer le sentiment si répandu de l'accélération du temps à mesure que l'âge s'accroît. Pour un vieillard, passer de 80 à 88 ans ne semble pas plus long que, pour un enfant, passer de 10 à 11 ans ; en effet dans les deux cas l'âge a été multiplié par 1,1. Or c'est ce taux d'augmentation qui est spontanément perçu. Pour tenir compte de cette caractéristique de notre perception, il est préférable de mesurer l'âge par le logarithme du nombre des années : 1 pour l'enfant de 10 ans, 2 pour le vieillard de 100 ans (celui-ci n'est donc que deux fois plus « âgé » que celui-là).

En appliquant le même procédé à l'âge de l'univers on peut, par exemple, prendre l'instant situé une seconde après le big bang pour le zéro de cette nouvelle échelle ; l'instant qui est survenu un dixième de seconde après le big bang est alors, sur cette échelle à « moins un », à un milliardième de seconde à « moins neuf ».

Si proches soient-ils de l'origine, tous ces instants peuvent être situés sur cette échelle, mais pas l'instant initial car le logarithme de zéro n'existe pas. L'origine n'est plus un point sur l'échelle du temps, elle est renvoyée à l'infini.

Au terme de ces réflexions il apparaît que l'événement fondateur de notre cosmos ne peut être considéré comme une étape parmi d'autres dans le déroulement du temps ; il a un statut logique spécifique ; il est le seul à ne pouvoir être situé sur une échelle de la durée ; ce qui contraint à le considérer comme un pseudo-événement. Il n'est donc pas possible de l'assimiler à une création, mot qui évoque un véritable événement.

Pourquoi dans ces conditions faire appel à un créateur ?

Ce recours peut être considéré comme une démission de l'esprit face à un problème sans solution. Il peut suffire de le poser autrement. C'est souvent le chemin que prend la science, ce qui permet parfois des progrès décisifs. Ainsi au dix-huitième siècle, à la question : pourquoi une bûche brûle-t-elle ? les scientifiques répondaient en imaginant qu'elle recelait un fluide, le *phlogistique*, à vrai dire difficile à décrire. Cette explication n'est plus évoquée depuis que Lavoisier a montré que la bûche ne brûle pas avec ses propres ressources mais grâce à l'oxygène de l'air.

L'évocation d'un créateur n'est nécessaire que s'il y a bien eu création. Certes l'horloge suppose l'existence d'un horloger, et l'existence de l'horloger suppose l'existence de ses géniteurs. Cette logique est rigoureuse lorsqu'il s'agit de séquences partielles insérées dans le monde réel ; elle n'a plus de prise sur le Tout que nous cherchons à évoquer en pensant Dieu.

Un des chercheurs les plus en pointe parmi les astrophysiciens, Stephen Hawking, en fait la remarque : « Tant que l'univers aura un commencement, nous pouvons supposer qu'il a eu un créateur. Mais si réellement l'univers se contient tout entier, n'ayant ni frontières ni bord, il ne devrait avoir ni commencement ni fin : il devrait simplement être. Quelle place reste-t-il alors pour un créateur[1] ? »

Cette question peut paraître iconoclaste. Elle est en fait dans la ligne de la réflexion proposée précédemment au sujet de la toute-puissance de Dieu. Le rendre « innocent » de celle-ci permet de ne plus encombrer notre interrogation à Son propos de responsabilités qui ne sont pas les Siennes.

L'aboutissement des processus qui ont produit le monde n'est pas toujours admirable. La partie qui nous semble la plus fascinante, les êtres vivants, peut être regardée, selon l'expression du biologiste François Jacob, comme le résultat d'un gigantesque bricolage. Est-ce bien respectueux de voir en Dieu

1. Stephen Hawking, *Une brève histoire du temps,* Paris, Flammarion, 1988.

un bricoleur ? Mieux vaut ne pas Lui imputer arbitrairement une responsabilité trop importante dans ces événements ou dans le pseudo-événement initial.

Ne Lui attribuer ni le rôle du créateur ni la toute-puissance ne rapetisse pas Dieu ; cela permet au contraire à ceux qui recherchent une rencontre indicible de l'espérer avec plus de confiance.

... et en Jésus-Christ...

Le texte même du Credo met ici en évidence l'ambiguïté du verbe croire : dans la même phrase, il est utilisé avec deux sens différents.

Lorsqu'il s'agit de « croire en Dieu », ce qui est en cause est l'existence de Celui que l'on évoque, mais « croire en Jésus-Christ » peut signifier soit que l'on admet comme vrais les événements de son existence humaine tels qu'ils sont décrits dans les Evangiles, soit que l'on tient compte de Son message, ce qui est une tout autre attitude intérieure.

LA VIE DE JÉSUS ET L'HISTOIRE

Les faits décrits par Marc, Matthieu, Luc et Jean ont-ils eu effectivement lieu ? La réponse nécessite de faire intervenir une discipline scientifique ayant ses propres règles de vérification des faits qu'elle décrit : l'histoire. Dans le message du christianisme les données historiques tiennent une très grande place ; c'est là une de ses particularités. Contrairement à nombre de religions qui se contentent d'énoncer des affirmations concernant l'au-delà ou de proposer des règles de comportement, la doctrine chrétienne évoque un Dieu qui intervient dans la suite des événements jalonnant le devenir humain. Elle annonce que cette intervention s'est concrétisée, en une période bien définie, par la prédication, la mort et la résurrection de Jésus. Cette religion se doit par conséquent d'insérer ces interventions divines avec précision dans la réalité historique.

J'ai rappelé comment Matthieu reconstitue, au début de son Evangile, la généalogie de Jésus en remontant jusqu'à Abraham ; cette tentative peut difficilement être présentée comme prétendant à l'exactitude historique car les sources de ces affirmations sont plus que douteuses ; cette énumération témoigne surtout d'une attitude assez éloignée de la recherche d'une vérité au sens où l'entendent les historiens. Luc est plus ambitieux encore et donc moins crédible, puisqu'il prolonge dans son Evangile cette généalogie jusqu'à Adam ; il est par contre rigoureux à propos des événements les plus récents ; ainsi il prend soin de situer avec précision la prédication de Jean Baptiste annonçant celle du Christ : « L'an quinzième de l'empire de Tibère César, Ponce Pilate étant gouverneur de la Judée... » Il manifeste ainsi que l'essence de son message est dans l'affirmation que les faits qu'il va décrire ont bien eu lieu ; ils se sont produits en un lieu et un instant définis de l'histoire des hommes. La foi qu'il s'efforce de répandre repose sur la réalité de ces événements.

Il faut aujourd'hui constater que les données fournies par les historiens à propos de ce qui s'est passé en Palestine à cette époque sont terriblement pauvres. Les sources non chrétiennes ne fournissent que quelques allusions. L'historien romain Tacite évoque en l'an 110 le fait que les chrétiens, accusés par Néron d'être responsables de l'incendie de Rome, étaient ainsi désignés par référence au Christ « exécuté par le procurateur Ponce Pilate ». Pline le Jeune et l'historien juif Flavius Josèphe font allusion aux chrétiens et aux troubles qu'ils provoquaient dans l'empire, mais ils ne donnent pas de précisions à propos de ce Christ dont les adeptes de cette religion se réclament. Les faits fondateurs de l'aventure du christianisme semblent ainsi être passés presque inaperçus des contemporains, en dehors du cercle étroit des premiers disciples.

Quant aux sources chrétiennes, passées au crible de la critique historique, elles n'apportent guère d'informations rigoureuses. Les textes les plus proches des événements sont ceux de saint Paul écrits au cours des années 50, vingt ans après la mort du Christ. Mais leur auteur, qui n'avait jamais rencontré celui-ci, semble peu intéressé par les détails de sa vie ; son ambition essentielle est de répandre la nouvelle foi fondée sur la mort et la résurrection de Jésus. Il ne s'intéresse guère aux événements qui ont précédé.

Les évangiles synoptiques sont, eux, riches d'informations mais ils ont été écrits plusieurs décennies plus tard, entre 70 et 80 pour l'Evangile de Marc, entre 80 et 90 pour celui de Matthieu, entre 95 et 100 pour celui de Luc. Les personnalités de leurs auteurs sont bien mal connues : il est douteux que Matthieu l'évangéliste soit la même personne que le Matthieu qui faisait partie des douze apôtres ; Luc et Marc étaient des compagnons de lutte de saint Paul ; il est peu probable qu'ils aient été des témoins directs de ce qu'ils rapportent.

Finalement, « croire » en les événements qui ont marqué la vie de Jésus, tels qu'ils sont rapportés par les Evangiles, est une attitude que la critique scientifique conduite par les historiens ne présente pas comme nécessaire. Le constater ne résulte pas d'un désir de polémiquer avec la religion chrétienne, mais d'une exigence de lucidité.

Cette exigence nous conduit aujourd'hui à interpréter différemment les récits proposés par les textes sacrés. Ainsi on ne peut plus considérer, comme autrefois, le récit de la Genèse, tel qu'il est proposé par la Bible, comme racontant l'histoire des premiers instants de l'univers ; il est une évocation poétique répondant, avec les moyens disponibles il y a quelques milliers d'années, aux interrogations sur l'origine du cosmos et de l'homme. Mettre en doute la réalité de l'épisode qu'est la création d'Adam et Eve ne met en péril aucune religion. De même mettre en doute l'exactitude de certains faits retenus par les évangélistes laisse intact le contenu du véritable message chrétien.

Plus fondamental que la recherche sur la

véracité de tel ou tel événement est le constat que le regard global que nous portons sur l'ensemble de l'histoire humaine a été récemment transformé. Pour ceux dont la pensée avait été formée par la tradition biblique, l'histoire des hommes et celle de l'univers étaient contemporaines. L'espèce humaine avait été créée au cours de la même « semaine » que tout ce qui existe dans le cosmos. La fin de cet univers était annoncée comme déclenchant le Jugement dernier. La durée de cette trajectoire à la fois humaine et cosmique était fort courte, elle s'étalait sur à peine dix mille années.

Les découvertes scientifiques, notamment celles du vingtième siècle, ont bouleversé cette vision. Les hommes d'aujourd'hui savent que leur espèce n'est apparue sur notre planète que longtemps après la formation de celle-ci, elle-même survenue dix milliards d'années après le big bang, présenté comme le point de départ de l'univers. L'espèce, fruit parmi des millions d'autres de l'évolution, disparaîtra longtemps avant la fin inéluctable du système solaire.

Au regard de celle du cosmos, l'aventure humaine n'aura donc duré qu'un instant très bref. Les ordres de grandeur des temps écoulés défient notre imagination : en regardant vers le passé, ils peuvent être comptés en milliards d'années pour l'origine du monde réel, en millions d'années pour celle de notre espèce. Face à de telles durées, les quelques milliers d'années que durent les histoires des peuples, des civilisations, des religions, semblent si dérisoires, si insignifiantes, que la recherche de la véracité de tel ou tel fait apparaît comme dépourvue de signification.

LE MESSAGE DE JÉSUS ET DEMAIN

Avec cette optique, « croire en Jésus-Christ » ne signifie plus accepter les faits décrits par les Evangiles comme ayant bien eu lieu, mais adhérer aux idées que Jésus a exprimées. Que les circonstances dans lesquelles ces idées ont été proclamées aient été ou non celles que décrivent les Evangélistes est de peu d'importance. L'essence du message est leur signification, et ce qu'elle implique pour le comportement de chacun.

Les lieux, les époques, les circonstances historiques et géographiques des événements qui, tout au long de l'histoire des hommes, l'ont fait bifurquer ne sont qu'un cadre, l'équivalent d'une scène de théâtre avec ses décors, parfois en trompe-l'œil. Nous sommes fascinés par les détails de la mise en scène ; ce qui compte pourtant est la parole qui est alors proclamée.

Ainsi en est-il par exemple de Moïse emmenant son peuple au Sinaï. De savants historiens mettent aujourd'hui en doute qu'une multitude ait pu s'installer au pied de cette montagne ; des fouilles minutieuses n'ont révélé aucune des traces que ce séjour aurait dû laisser, d'où une remise en cause de la réalité de l'événement. Il est légitime d'effectuer de telles recherches et de faire part des doutes qu'elles suscitent, mais elles ne concernent pas l'essentiel des leçons à tirer de cet épisode. Que le personnage nommé Moïse ait ou non existé, qu'il soit ou non monté en haut du mont Sinaï, qu'il y ait ou non rencontré Dieu, ce qui importe est le contenu des Tables de la Loi. « Tu ne tueras pas » est ce qui doit être retenu ; les péripéties qui ont entouré l'adoption de cette règle de vie, tel l'épisode spectaculaire du buisson qui brûle sans se consumer, ne sont que des détails de la mise en scène.

Il suffit d'entrer dans l'église Saint-Pierre-aux-Liens, à Rome, et de rester quelques instants face à face avec le Moïse de Michel-Ange pour comprendre le message que ces deux membres de notre espèce, l'un prophète, l'autre sculpteur, adressent aux autres humains, à tous ceux qui écoutent leur parole ou qui admirent leur œuvre. Nous comprenons qu'à partir de l'injonction : « Tu ne tueras pas », la trajectoire humaine s'engage dans une nouvelle direction.

De même, peu importe que, comme le raconte Luc, cinq mille personnes aient pu être réellement rassasiées par Jésus avec cinq pains et deux poissons. Cette narration peut être interprétée comme un signe de l'enthousiasme de Luc plus que comme une contribution à la vérité historique. Pour convaincre, il multiplie les précisions arithmétiques (les participants regroupés par cinquante, les douze corbeilles emplies du surplus) ; elles n'ont pourtant que peu d'importance. Qu'ils croient ou non en cet épisode, une bifurcation décisive est opérée dans leur aventure personnelle par ceux qui prennent au sérieux la parole dite au peuple alors rassemblé : « Aimez vos ennemis ; faites du bien à ceux qui vous haïssent. Bénissez ceux qui font des imprécations contre vous, et priez pour ceux qui vous calomnient. »

Il ne s'agit plus de faits que l'on puisse étudier, confronter à d'autres données, vérifier ou réfuter ; il s'agit d'un programme de vie en commun auquel on décide d'adhérer ou non. Et ce programme est proprement révolutionnaire ; il est à l'opposé de ce que proposait la société d'alors, marquée par une absence totale de respect pour la vie de la plupart des humains. Il ne pouvait que faire scandale dans un monde acceptant l'esclavage et se réjouissant des sacrifices humains qui agrémentaient les jeux du cirque.

Il est presque autant à l'opposé de ce que propose la société occidentale d'aujourd'hui où il n'est question que de domination, de compétition, d'élimination. Il devrait donc provoquer un scandale semblable ; mais nous sommes particulièrement habiles, plus sans doute que les contemporains de Jésus, à ne pas regarder en face les idées trop perturbatrices.

... son Fils unique Notre Seigneur...

Après avoir présenté Dieu comme le père de tous les humains, le Credo Lui attribue un seul fils. La contradiction est si flagrante que les notions de paternité et de filiation introduites ici doivent nécessairement être interprétées comme des métaphores et non comme la description d'une réalité. Cet usage évident d'une image est le signe d'une impossibilité de décrire en mots simples, avec un sens précis, ce que l'on désire exprimer. Le message est donc, contrairement aux apparences, que Dieu ne doit pas être regardé comme étant un père de famille riche d'innombrables enfants, dont l'un serait privilégié au point d'être considéré comme le Fils, avec une majuscule ; accepter cette image ne pourrait être qu'une trahison, même si elle est inévitable faute de phrases capables d'exprimer la vérité. Reste à préciser le sens de cette métaphore. Mais en a-t-elle vraiment un ?

Le danger d'une mauvaise interprétation est d'autant plus grand que le problème posé par la succession des générations chez les êtres vivants fait partie d'un domaine où nos concepts ont récemment beaucoup évolué. Depuis toujours cette succession a été regardée comme une reproduction, c'est-à-dire la réalisation d'un être semblable, sinon identique, à celui qui l'a engendré. La version du Credo dite « de Nicée-Constantinople » (celle qui a été adoptée par les deux premiers conciles œcuméniques en 325 et en 381) insiste sur cette vision en affirmant de Jésus qu'il est « Dieu né de Dieu, lumière, né de la lumière, engendré non pas créé, de même nature que le Père ». La référence à une *nature* qui est transmise montre bien que, pour ces rédacteurs du Credo, il y avait continuité entre le géniteur et l'engendré, que la filiation était une reproduction.

Nous savons maintenant que cette filiation correspond à un processus qui se déroule d'une tout autre façon : il s'agit, dans toutes les espèces évoluées y compris la nôtre, non plus d'une reproduction mais d'une procréation ; celle-ci, loin de produire du semblable, fournit chaque fois du différent, de l'inattendu, de l'imprévisible et surtout elle nécessite l'intervention non pas d'un mais de deux géniteurs.

La métaphore de la filiation a entraîné les rédacteurs du Credo dans une impasse. Car elle signifiait pour eux identité d'essence entre le père et le fils. Si le Credo était rédigé aujourd'hui, il faudrait, pour exprimer la même idée, avoir recours à une métaphore d'une autre nature.

Il en est de même pour le mot *Seigneur* ; ce mot avait un sens clair pour ceux qui vivaient dans des sociétés hiérarchisées où le seigneur était celui qui localement disposait du pouvoir suprême. Dans nos sociétés où les concepts d'égalité et de démocratie sont considérés comme des objectifs raisonnables, où l'autorité est liée à une fonction et non à une nature, où aucun roi ne l'est plus de droit divin, cette référence n'a plus guère de sens. Assimiler Dieu à un seigneur apparaît aussi réducteur que de L'assimiler à un bricoleur créant l'univers pour se désennuyer.

Un Credo dont les termes auraient un sens

directement accessible à tous aurait finalement avantage à n'évoquer ni le Fils ni le Seigneur.

... qui a été conçu du Saint-Esprit, est né de la Vierge Marie...

Ici le biologiste, et plus précisément le généticien, se sent interpellé. Jésus — sur ce point l'Eglise est ferme — a été véritablement, totalement, un homme ; s'incarnant en lui, Dieu s'est « fait homme ». Son organisme était semblable à celui des autres hommes et était animé par les mêmes métabolismes. Nous sommes donc contraints d'admettre que cet organisme s'est développé à partir d'une dotation génétique. La moitié de celle-ci, et seulement la moitié, lui a été fournie par sa mère ; l'autre moitié par qui ?

La référence à l'Esprit saint n'implique bien sûr aucune allusion à une réalité biologique ; par ce double mot l'Eglise évoque un concept particulièrement abstrait dont j'ai cherché en vain une définition claire dans le Nouveau Catéchisme. La « conception » opérée par le Saint-Esprit ne peut être que spirituelle ; elle n'a rien de commun avec ce que peut accomplir un spermatozoïde apportant ses vingt-trois chromosomes dotés de quelques dizaines de milliers de gènes. Il a bien fallu pourtant qu'une autre source fournisse, en complément de l'ovule fourni par Marie, les informations permettant à cet ovule de réaliser un organisme humain.

Le fait que Jésus était de sexe masculin rend cette nécessité plus évidente encore. Son patrimoine génétique comportait en effet un chromosome Y (l'on sait maintenant que les individus de sexe féminin reçoivent deux chromosomes désignés par la lettre X, tandis que ceux de sexe masculin reçoivent un X et un Y). Ce chromosome Y, possédé par les seuls mâles, n'a pu lui être fourni par sa mère. Poser la question de sa provenance n'est pas une impertinence signe d'un mauvais esprit ; cela est nécessaire si l'on tire la conséquence de l'affirmation voyant en Jésus un homme véritable avec toutes les caractéristiques que cela implique.

Décrire un homme signifiait, autrefois, énumérer ses caractéristiques apparentes ;

aujourd'hui c'est tenir compte de tout ce que nous révèlent les laboratoires. Connaître le groupe sanguin est plus important que constater la couleur de la peau ; analyser le système immunologique apporte plus d'informations que préciser le caractère crépu ou non des cheveux. A deux mille ans près, ce qui est une durée insignifiante dans l'histoire de notre espèce (et infiniment moins dans l'histoire de l'univers), Jésus aurait pu se manifester au cœur d'une humanité qui aurait porté sur lui un regard tout différent, nourri plus de résultats techniques que de caractères apparents.

Dostoïevski dans *Les Frères Karamazov* imagine le retour du Christ sur la terre et montre la violence des réactions de rejet des Eglises face à cet événement : le Grand Inquisiteur le condamne à s'éloigner. S'il écrivait à notre époque, il pourrait évoquer l'attitude des organismes sanitaires établissant une fiche complète sur laquelle figurerait le groupe ABO, le système rhésus et le système immunitaire ; à côté de la photographie du visage figurerait le caryotype, c'est-à-dire la représentation des quarante-six chromosomes.

Naturellement la question : « d'où provenait le chromosome Y de Jésus ? » n'aura jamais de réponse. Il n'en reste pas moins que ne pas la poser est signe d'une absence de cohérence dans ce que l'on affirme croire. Il serait préférable d'aller au-devant de cette interrogation, quitte à montrer qu'elle n'a aucun intérêt, puisque l'essentiel de la « bonne nouvelle » qu'apportent les Evangiles est ailleurs.

Finalement mieux vaudrait n'évoquer ni l'intervention supposée du Saint-Esprit, ni la virginité de Marie. Ce sont des épisodes qui fascinent les foules mais qui n'ont rien à voir avec le contenu du message.

Qu'une vierge joue un rôle dans les rapports de notre humanité avec l'au-delà est évoqué par de nombreuses religions ; ce n'est pas une idée nouvelle introduite par le christianisme. Plutôt que d'insister sur ce questionnement sans réponse et finalement sans intérêt, le Credo chrétien aurait une portée plus grande en mettant en évidence ce que le discours de Jésus apporte d'inouï.

... a souffert sous Ponce Pilate, a été crucifié, est mort, a été enseveli...

Nous l'avons vu, le fait qu'un homme présenté par ses disciples comme le Christ, c'est-à-dire le Messie, ait été crucifié à l'époque où le procurateur romain de Palestine était Ponce Pilate est évoqué par Tacite. Mais pour ce consul romain, l'événement lui-même est moins important que les graves troubles provoqués par les disciples du Christ. De même, Suétone, autre historien latin, décrit vers l'année 100 l'expulsion des chrétiens de Rome par l'empereur Claude un demi-siècle plus tôt : ils étaient source de tensions au sein de la communauté juive. L'histoire ne remet donc pas en cause les événements liés à la mort du Christ tels que les décrivent les évangélistes. Tout au plus peut-on mettre en doute l'obscurcissement du soleil après la mort de Jésus rapporté par Luc ; aucune éclipse de soleil n'a alors eu lieu.

Le point qui pourrait étonner les historiens est l'expression « a été enseveli », car la coutume romaine était de laisser les cadavres des suppliciés sur leur croix. Mais les Evangiles répondent à cette objection. Ils insistent tous quatre sur la nécessité pour Joseph d'Arimathie, un disciple de Jésus, d'aller demander à Pilate l'autorisation de descendre le corps de la croix, avant de l'envelopper d'un linceul et de l'inhumer dans un tombeau sculpté dans le roc.

Il reste que ces événements qui ont eu un tel retentissement par la suite dans l'histoire de l'Occident n'ont été sur le moment qu'un épisode de peu d'importance : pour Pilate l'affaire Jésus n'a sans doute pas mérité un rapport à Rome.

... est descendu aux enfers...

C'est-à-dire : est allé dans le séjour des morts. Le Credo, après avoir insisté sur le fait que Jésus est véritablement un être humain, souligne ici qu'après Son dernier cri sur la croix le vendredi à trois heures et avant Sa résurrection le dimanche de Pâques, Sa mort est tout aussi authentique que l'avait été son humanité. Durant cet intervalle, Il faisait partie de l'ensemble des hommes morts, cette immense foule en attente du Jugement dernier, dans laquelle sont déjà entrés tous ceux qui nous ont précédés et que viendront peu à peu compléter, jusqu'à la fin du monde, les humains d'aujourd'hui et ceux qui leur succéderont. Il a dû, comme tous les membres de l'espèce, subir le passage dans les enfers, cette morgue des âmes, et, durant ce séjour, Il n'a bénéficié d'aucun privilège.

Il a été totalement homme jusqu'à la mort, et même au-delà de la mort.

Cette description est cohérente avec la vision de l'époque, imprégnée des mythes décrivant les uns la création, les autres la fin du monde, événements marquant les limites dans le temps aussi bien de l'histoire du cosmos que de l'histoire de l'humanité. Ces mythes rendaient logiquement nécessaire un espace temporel s'intercalant entre la vie terrestre et la vie future dans l'au-delà ; cet espace était les *enfers*.

DÉFINIR L'HUMANITÉ

Aujourd'hui cette notion d'enfers se heurte à la question, sans réponse précise, du début et de la fin de notre espèce. Tout était simple lorsque l'on pouvait imaginer que le premier homme, Adam, avait été créé par Dieu à partir de la glaise terrestre et que les derniers hommes seraient les témoins de la fin du monde. Tout devient flou lorsque l'on admet que les diverses espèces vivantes ont évolué au long de l'histoire de la planète sans que le passage d'une espèce initiale à l'espèce suivante puisse être daté.

Que signifie précisément appartenir à l'espèce humaine ? Il est admis maintenant que

Homo s'est séparé des autres primates il y a cinq ou six millions d'années. Depuis, des mutations ont fait apparaître successivement *Homo habilis, Homo erectus, Homo sapiens.* La frontière n'est pas marquée à partir de laquelle tel *Homo* peut être considéré comme véritablement humain. Les hommes du passé qui peuplent les « enfers » décrits par le Credo, à partir de quand ont-ils été contraints d'y faire un séjour ? La célèbre Lucy, cette jeune fille de seize ans morte il y a plus de trois millions d'années et dont le squelette a pu être reconstitué, en fait-elle partie ?

Je ne pose pas ces questions pour me moquer, mais pour montrer combien la problématique d'aujourd'hui est différente de celle d'hier. Lorsque le Credo parle des « enfers » il s'oblige à préciser quels en sont les occupants.

Notons enfin que l'existence de cet espace intermédiaire entre la vie terrestre et la vie éternelle était cohérente avec la croyance que la corruption du cadavre ne commençait que le quatrième jour. Nous savons maintenant que la continuité est totale entre l'organisme que l'on dit vivant et l'organisme que l'on dit mort, mais qui est grouillant d'une autre forme de vie.

L'analyse du concept de vie que nous propose aujourd'hui la science contraint en effet à une révision fondamentale. Un cadavre était regardé comme dépourvu de vie ; ce qui est vrai pour la personne considérée comme une totalité dont ce corps était le support, mais ce qui est faux pour chacun des éléments qui le constituaient. Il nous faut l'admettre, je le répète : un cadavre est grouillant de vie.

Lorsque survient la mort d'un être humain, la capacité d'alimenter en énergie les multiples échanges réalisés entre les substances qui constituent son corps ne disparaît pas ; cette capacité s'est seulement orientée vers d'autres métabolismes, ceux qui permettent à une multitude d'êtres vivants de proliférer. Ce qui disparaît est la capacité de l'ensemble à constituer une unité intégrée et surtout sa capacité à s'affirmer être, à manifester par cette affirmation cette performance inouïe : être conscient. La mort, pour un humain, n'est pas seulement le bouleversement de ses métabolismes, qui sont mis brutalement au service de nouveaux objectifs, elle est l'impossibilité soudaine et définitive de penser « je ».

Cette vision n'est guère compatible avec la notion d'un séjour provisoire, d'une d'attente dans un « enfer », d'autant que l'échéance de cette attente est bien floue. La fin du monde et le Jugement dernier étaient, dans l'esprit des contemporains de Jésus, deux événements simultanés ; la fin de l'espèce humaine et la fin du cosmos, telles que nous les imaginons aujourd'hui, n'ont par contre aucune raison d'être liées. Une période de raccordement entre la vie terrestre et une vie éventuelle dans l'au-delà n'a donc plus de nécessité logique ; l'éternité commence aujourd'hui.

Enfin notons que cette attente, même si pour Jésus elle n'a duré que trois jours, est peu compatible avec sa nature divine. Comment ne pas ressentir une contradiction entre les attributs accordés à Dieu, notamment Sa toute-puissance, et Sa soumission aux contraintes des enfers ? Cet épisode a les allures d'une victoire, certes provisoire mais inquiétante, de celui que le Credo ne nomme pas, mais à qui fait nécessairement penser le mot « enfer » : l'ennemi de Dieu, Satan.

... le troisième jour est ressuscité des morts...

Ici l'on s'approche du point nodal, de la bifurcation décisive. Nous sommes face à l'affirmation inouïe, à l'événement impossible. Si le caractère irréversible de la mort est nié, si cette transformation de l'être n'est plus définitive, les certitudes les plus assurées vacillent. Ce qu'énonce le Credo est à l'opposé de ce que notre raison peut accepter : le corps qui était enfermé sous la pierre du tombeau a disparu ; celui qui habitait ce corps, après avoir quitté durant trois jours le monde des vivants, a réapparu.

Le scientifique, dont la discipline exige une permanente vérification de ce qu'il accepte pour vrai, ne peut que manifester son doute, et même, devant la description de faits aussi invraisemblables, admettre avec une quasi-certitude que, tels qu'ils sont rapportés, ces événements n'ont pas pu se produire.

Et pourtant c'est le cœur de la foi chrétienne qui est ici en cause. « Si le Christ n'est pas ressuscité, alors notre prédication est vaine », constate saint Paul dans sa première épître aux Corinthiens. Pour lui, sans la résurrection, toute la doctrine chrétienne s'effondre, elle n'est plus fondée que sur de vagues croyances.

Peut-on essayer de louvoyer entre ces deux écueils : d'une part des événements que toute l'expérience humaine fait considérer comme impossibles et qui sont pourtant présentés ici comme réels, d'autre part une culture, une civilisation, toute une société qui se sont développées depuis vingt siècles en admettant leur véracité et en en tirant les conséquences ?

Le chrétien cohérent se réfugie dans le « mystère de la foi », ce qui signifie qu'il met son esprit critique en veilleuse dès que l'on évoque la nuit d'avant Pâques. Pour ceux qui voient dans le raisonnement, dans le recours à l'intelligence, la plus belle conquête humaine, cette attitude est l'aveu d'une défaite. C'est justement lorsque l'essentiel est en question qu'il faudrait renoncer à ce qui fait notre qualité d'humain. Comment le chrétien pourrait-il à la fois remercier Dieu de nous avoir dotés de cet outil fabuleux qu'est la pensée logique, l'intelligence, et admettre que nous devons en abandonner l'usage au moment même où nous nous efforçons de nous approcher de Lui ?

Certes la pensée scientifique nous permet maintenant des excursions dans des domaines où le bon vieux déterminisme est mis à mal. Les physiciens nous parlent de « l'effet tunnel » qui permet à une particule de parcourir un cheminement que tout ce que l'on connaît par ailleurs fait considérer comme impossible. En effet, pour la physique quantique, la probabilité d'un événement n'est jamais rigoureusement nulle ; le mot « impossible » ne peut donc avoir un sens absolu. Le paradoxe proposé par Schrödinger du chat enfermé dans sa boîte et qui, faute d'observation, est dans un état incertain, ni mort ni vivant, illustre cette difficulté. Mais il est déraisonnable d'extrapoler au monde macroscopique, celui dont nous sommes témoins, les raisonnements valables à l'échelle des particules.

Je n'imagine pas que l'on puisse, dans cette direction, ramener la résurrection telle qu'elle est décrite par les évangélistes au statut d'un événement *possible*. Il est proprement incroyable et ne peut donc être accepté comme vrai que par un acte de foi indépendant de tout raisonnement.

Au nom de quoi faire cet acte ? Une réponse possible est l'adhésion aux conséquences que l'on peut, ou que l'on doit, en tirer.

Si vraiment la résurrection de Jésus est un événement réel, un fait qui s'inscrit dans l'histoire des hommes, alors l'enseignement qui a précédé doit être pris au sérieux, ce qu'il propose comme objectif à la vie de chacun doit être poursuivi. La foi conduit à l'adhésion. C'est le chemin que propose saint Paul.

Mais le chemin inverse peut tout aussi valablement être suivi. Nous pouvons constater que la façon de vivre ensemble que Jésus propose aux humains : « Aimez-vous les uns les autres » est seule compatible avec la spécificité humaine, telle que nous la révèlent nos efforts de lucidité. L'adhésion à son programme peut alors conduire à la foi en sa divinité et en sa résurrection ; mais cette étape supplémentaire n'est peut-être pas essentielle.

... est monté aux cieux, est assis à la droite de Dieu le Père Tout-puissant, d'où Il viendra juger les vivants et les morts.

La description proposée ici est tellement engluée dans la vision d'un monde concret (le ciel est un lieu situé dans les hauteurs, il faut monter pour l'atteindre, la droite est supposée plus digne que la gauche) que l'on s'étonne de trouver des métaphores aussi simplistes dans un texte qui se veut fondateur d'une foi. Les rédacteurs du concile de Nicée ont facilité la tâche des peintres qui, par la suite, ont produit des chefs-d'œuvre pour illustrer ces affirmations. Mais ils n'ont guère aidé ceux qui sincèrement s'efforcent d'intérioriser l'essentiel du message. Ils ont même accumulé les obstacles ; en enfermant notre compréhension dans des visions trop concrètes, ils nous incitent à ne pas faire l'effort de rechercher, au-delà des images, la signification des symboles.

Mais le plus lourd de sens, dans ce passage, est l'annonce d'un jugement que, curieusement, le Tout-Puissant délègue à Son Fils. Pourquoi ne s'en charge-t-Il pas Lui-même ? En fait cette délégation est sans doute nécessaire, car Sa toute-puissance rend Dieu responsable de tout ce qui est advenu. C'est, à travers les hommes, Son œuvre divine qui est jugée, comment pourrait-Il être objectif ?

Mais surtout la notion même de jugement final enferme dans un cadre préétabli l'aventure de l'humanité ; cette aventure se résume à une épreuve imposée à chacun de ses membres, dont il faut sortir vainqueur. L'histoire humaine est ramenée aux dimensions d'une expérience de laboratoire où des rats sont soumis à un test : sauront-ils trouver l'issue du labyrinthe ?

L'extraordinaire odyssée de notre espèce aurait pour aboutissement la répartition des humains en deux tas : ceux qui ont réussi, et ceux qui ont échoué. On peut rêver une finalité plus grandiose.

Je crois en l'Esprit saint...

J'ai cherché en vain dans le Nouveau Catéchisme une définition de ce qui est désigné par ces deux mots. Il y est seulement question de ce que l'Esprit saint apporte : « C'est lui qui suscite en nous la foi », et de l'attitude que nous devons avoir face à lui : « l'accueillir dans la foi. » L'association de ces deux phrases décrit un cercle dans lequel il est impossible de pénétrer puisqu'il faudrait avoir la foi pour entendre l'Esprit saint et que cette foi ne peut être reçue que de lui. Toutes les affirmations le concernant donnent l'impression d'un univers du discours qui se ferme sur lui-même, qui ne peut devenir cohérent que dans l'esprit de qui est déjà convaincu.

Cette fermeture logique renvoie au concept calviniste de la prédestination. Ce concept n'est qu'une conséquence inévitable de la définition d'un Dieu omniscient, qui connaît aussi bien l'avenir que le passé. Or cet avenir fera apparaître le salut ou la damnation de chacun ; cet aboutissement est donc déjà écrit.

Il est difficile d'argumenter contre un tel raisonnement sauf à remettre en question la compréhension du déroulement du temps. Or justement la pensée scientifique, comme je l'ai rappelé, vient de provoquer cette remise en question à plusieurs reprises, que ce soit à propos de la relativité restreinte puis de la relativité générale, ou à propos de l'expansion de l'univers. Il apparaît que le déroulement du temps n'est pas celui, régulier, insensible aux événements, qu'imaginaient certains philosophes, mais qu'il est le produit de la succession des événements. Il est une conséquence et non un cadre préétabli. En osant une métaphore théâtrale, il est un des acteurs de la pièce, non la toile de fond devant laquelle ils jouent.

Nous avons pris l'habitude de raisonner à la façon des Grecs pour qui Cronos était antérieur à Zeus ; celui-ci est alors, par sa définition même, enserré dans le carcan de la durée. Pour échapper à l'absence définitive de liberté qu'est la prédestination, ou au cercle fermé lié à l'action du Saint-Esprit, il nous faut évoquer un Dieu non inféodé à la durée. Mais pour nous qui y sommes par nature enfermés, n'est-ce pas abandonner tout espoir d'une rencontre ?

... *à la Sainte Eglise catholique...*

Il faut une certaine dose d'inconscience à l'Eglise catholique pour oser se qualifier de « sainte » dans la même phrase où cet adjectif est utilisé pour caractériser le « saint » Esprit.

La sainteté est pourtant un attribut bien défini qui permet à l'Eglise de donner en exemple à tous les fidèles certains personnages. Des procédures complexes, des « procès » de béatification et de canonisation, ont été mises au point pour s'assurer que dans la liste ne se glisseraient pas quelques cas douteux.

Peut-on imaginer qu'un tel procès intenté à l'Eglise romaine pourrait aboutir à la conclusion qu'elle est sainte ? Certes elle a accompli de multiples prodiges, mais le plus remarquable est d'exister encore après vingt siècles en dépit de ses erreurs et de ses turpitudes.

Cet exploit est en réalité le résultat d'un détournement de ses objectifs. Bâtie pour diffuser une « bonne nouvelle », pour convaincre d'adopter une certaine façon de vivre avec humanitude, elle est devenue une structure de pouvoir ayant pour finalité essentielle de ne pas disparaître. Elle a souvent accepté de taire ou d'édulcorer son message, lorsque le proclamer avec trop de force aurait pu mettre en danger son existence.

Ce détournement de finalité a été commis dès l'origine, notamment par l'un des organisateurs de la nouvelle religion, saint Paul. Foudroyé sur la route de Damas, il se met au service des idées de ce Christ dont il combattait jusque-là les disciples et il prend la responsabilité d'étendre la prédication des apôtres au-delà du peuple juif. Aussitôt il adopte un ton de chef. Quelle différence entre le Sermon sur la montagne, où il est question du bonheur, et l'Epître aux Corinthiens, où il est question de jugement et de soumission !

A la relecture, vingt siècles plus tard, il est clair que Jésus s'adresse à tous les hommes, aussi bien aux hommes d'aujourd'hui qu'aux foules venues alors l'écouter, car il propose un chemin pour donner une signification au parcours d'une vie ; son discours est intemporel. Paul s'adresse aux Grecs de l'an 55 et entre dans des détails de la vie quotidienne qui n'ont plus aujourd'hui de signification. La comparaison justifie la remarque de Charles Péguy constatant « la dégradation de la mystique en politique ».

Le christianisme a débuté dans l'exaltation, dans l'enthousiasme pour des idées nouvelles ; il était certes nécessaire, au temps de Paul, de devenir réaliste pour assurer la continuité de la prédication. Il fallait tenir compte de la faiblesse des hommes, il fallait les amener à se dépasser pour servir un objectif au-delà d'eux-mêmes ; une structure, une Eglise, était peut-être nécessaire. Mais le danger était grand de mettre cette structure au service de l'efficacité plus qu'au service de la lucidité. L'histoire de l'Eglise romaine montre qu'elle a souvent succombé à la tentation de préserver son pouvoir, quitte à desservir la vérité dont elle se dit porteuse.

L'aboutissement a été la prise du pouvoir temporel par l'Eglise grâce à la conversion de l'empereur Constantin en 325. Mais, ainsi que le fait remarquer le théologien Jean Cardonnel : « Quand le pouvoir devient chrétien, ce n'est pas le pouvoir qui se christianise, c'est le christianisme qui prend tous les plis du pouvoir[1]. » Les exemples, hélas, sont nombreux. Pour n'en citer que deux parmi les plus récents et les plus inacceptables, rappelons pour le dix-neuvième siècle le « catéchisme napoléonien » diffusé par l'Eglise de France avec l'accord de Rome, et pour le vingtième le silence du pape Pie XII face à la tragédie du peuple juif, dernière concrétisation historique du concept monstrueux de « peuple déicide ».

Non, il est impossible de présenter l'Eglise comme sainte. Mêler la « foi » en Dieu et la « croyance » en l'Eglise est, de toute façon, une confusion des genres qui ne peut que camoufler une imposture.

1. Jean Cardonnel, *Judas l'innocent,* Montpellier, Indigène éditions, 2001.

... à la communion des saints...

Au-delà des mots employés ici, qui défient notre effort de compréhension si on les entend avec leur sens habituel, il semble possible de relier cette partie du Credo à un concept essentiel et trop souvent négligé : la fécondité de la mise en commun, c'est-à-dire de la « communion ». Cette fécondité est illustrée par l'écart entre les mots « plus » et « et », malheureusement si souvent confondus : *deux plus deux* font bien quatre, mais *deux et deux* peuvent faire tout autre chose que quatre, par exemple vingt-deux ; tout dépend de l'interaction qui est manifestée par le terme « et ». Si la mise en commun consiste simplement à additionner, le résultat ne comporte aucune novation ; si elle met en présence deux êtres capables de s'influencer l'un l'autre, le résultat est souvent imprévisible et peut apporter de l'« encore jamais vu ».

Cet effet de l'interaction peut être rapproché des réflexions des scientifiques à propos du concept de complexité. Dès qu'une structure matérielle est complexe, c'est-à-dire dès que les relations entre ses éléments sont non additives, les performances dont elle est capable peuvent être sans commune mesure avec celles de ses constituants. L'exemple en est donné par une molécule d'usage quotidien, le chlorure de sodium, c'est-à-dire le sel de table ; bien inoffensif, il résulte pourtant du mélange de deux produits hautement dangereux, le chlore, asphyxiant, et le sodium, explosif. Tout décrire du chlore, tout décrire du sodium, n'apporte guère d'informations pour décrire le chlorure de sodium qui résulte de la mise en commun des capacités de réaction de l'un et de l'autre.

Ce constat doit notamment être pris en compte lors de la mise en commun réalisée par les structures elles-mêmes hypercomplexes que sont les personnes. Ce qu'elles peuvent réaliser lorsqu'elles créent un ensemble interactif, lorsqu'elles sont en état de *communion,* est d'une nature autre que les réalisations dont elles sont capables individuellement. C'est cette communion qui permet l'apparition de performances aussi inouïes que la prise de conscience de sa propre existence, l'exigence de liberté ou le besoin de fraternité.

Dans cette optique, ce passage du Credo peut être interprété comme affirmant que les « saints », c'est-à-dire tous ceux qui participent à l'humanité, peuvent en se rassemblant créer une communauté capable d'apporter à chacun de ses membres des possibilités dont, isolé, il est dépourvu. N'est-ce pas l'enseignement contenu dans le passage de l'Evangile où Jésus affirme : « Lorsque vous serez réunis, Je serai parmi vous » ? La réunion des personnes, la mise en présence de chacun face à l'autre dans une attitude non de refus ou de compétition, mais d'ouverture, fait apparaître une réalité nouvelle définie ici par ce « Je ».

Cette constatation a pour conséquence le programme de vie proposé par le Sermon sur la montagne : « Aimez vos ennemis, faites du bien à ceux qui vous haïssent, et priez pour ceux qui vous persécutent et qui vous calomnient » (Matthieu, V). Ce n'est pas là une proposition exprimant de bons sentiments. C'est une nécessité logique conforme à la lucidité. Pour bénéficier des possibilités nouvelles apportées par la mise en commun, la « communion », il faut être capable de réaliser avec les autres un être collectif, de les regarder comme des sources et non comme des dangers ou même comme des adversaires. Il n'est donc pas question ici de croyance mais de réalisme.

Malheureusement ce passage de l'Evangile est en contradiction radicale avec ce qui est à la base même de notre société occidentale : la compétition considérée comme la source du dynamisme aussi bien individuel que collectif. L'efficacité est regardée comme la qualité suprême ; il faut pour en faire preuve constamment s'efforcer de l'emporter sur l'autre. N'est-ce pas la négation de la « communion des saints » ?

... à la rémission des péchés,
à la résurrection de la chair,
à la vie éternelle.

Ces trois affirmations ne prennent de sens que l'une par l'autre. Il faut donc réagir globalement face à la signification de l'ensemble.

Il serait si confortable d'abandonner tout esprit critique et de les accepter toutes trois pour bonnes avec la signification si claire que je pouvais leur donner lorsque j'étais enfant ! Ces phrases nous font un cadeau magnifique, mais un cadeau en creux : elles nient ce qui nous terrifie, la mort. Les croire serait si simple et si enthousiasmant ! La mort n'est que provisoire ; un cadavre n'est qu'une apparence ; la mauvaise conscience qui suit le péché elle-même sera effacée ; comment refuser d'y croire ? Cette vision idyllique est illustrée par les brochures diffusées par les Témoins de Jéhovah ; les vieillards comme les enfants y rayonnent d'une santé et d'une joie définitives.

Malheureusement pour notre confort, heureusement pour notre lucidité, l'esprit critique, aussi efficace que « l'Esprit saint », ne se laisse pas facilement anesthésier. Il nous contraint à imaginer ce que serait un univers où la mort aurait disparu, et nous oblige à en constater l'incohérence.

Que mettre derrière le mot « éternité » ? La réponse spontanée fait référence à une durée sans fin, c'est-à-dire infinie. Mais ce concept d'infinitude a été si bien analysé par les mathématiciens qu'il a éclaté en une infinité d'infinis de plus en plus riches d'éléments. Comment rattacher ces « objets de discours » à l'intuition évoquée par le mot éternité ?

Une autre interprétation peut découler de l'analyse non plus des nombres mais du concept de temps. Si, à la façon de saint Augustin, l'on admet que celui-ci est généré par la succession des événements, l'on aboutit à la conclusion que l'éternité est synonyme de non-écoulement du temps. Entrer dans l'éternité c'est alors quitter l'univers spatio-temporel où nous sommes apparus ; mais notre imagination est totalement incapable d'en concevoir un autre.

J'ai insisté précédemment sur la difficulté de définir la vie, sur l'impossibilité de tracer la frontière entre le monde inanimé et le monde dit « vivant ». Cet obstacle à la compréhension est finalement plus grand encore pour la notion de « vie éternelle », où l'adjectif pose autant de problèmes que le substantif.

L'affirmation concernant la résurrection de la chair ne fait qu'accroître ce chaos logique. Entendu au mot le mot, elle signifie que ma chair, qui sera devenue pourriture après ma mort, se reconstituera plus tard en une substance capable des mêmes performances qu'avant cette mort. Mais mon corps a eu une histoire ; il a connu de multiples formes ; il a été celui d'un bébé, puis d'un enfant, d'un adolescent, d'un adulte, d'un vieillard. Lequel de ces personnages si différents aura le privilège d'une reconstitution ? Faut-il souhaiter que ce moi qui se manifestera soit plus proche de l'adolescent dans son apparente vigueur que j'ai été (mais à quoi servira alors la vigueur ?) ou du vieillard dans sa prétendue sagesse que je suis devenu (mais à quoi servira alors la sagesse ?) ?

Cependant c'est à propos du péché que les commentaires que propose l'Eglise créent un antagonisme insupportable avec la lucidité. Ce péché, qui sera « remis », est présenté comme la cause de la fatalité de la mort. Selon les rédacteurs du Nouveau Catéchisme, l'homme a été créé immortel ; il est devenu mortel par le péché ; par celui-ci « la mort a fait son entrée dans l'histoire de l'humanité ». De telles phrases ramènent la réflexion sur la condition humaine à un niveau pré-infantile.

La disparition corporelle est la conséquence nécessaire de la procréation initiale. Cela est vrai pour toutes les espèces ; prétendre que la nôtre pouvait échapper à cette fatalité, c'est se réfugier dans la douce illusion que la négation de la mort suffit à l'écarter.

Il faut comprendre au contraire que l'immortalité serait insupportable et qu'elle nous priverait de la force qu'apporte l'évidence de cette fin. La spécificité de notre espèce n'est vraiment pas d'avoir délibérément, par le péché, opté pour la mort ; elle est d'avoir osé porter notre regard sur l'avenir et d'en avoir constaté l'inévitable aboutissement.

De telles réflexions sur la naïveté de l'enseignement officiel tel qu'il est constamment répété attirent la réplique des autorités religieuses : ce n'est pas ce que l'Eglise veut dire. Mais alors pourquoi le dit-elle, et de façon si explicite, avec des mots que chacun peut comprendre ?

Ayant accompli notre analyse du Credo mot à mot, la frustration est profonde ; les vieilles outres de la phraséologie d'autrefois ne peuvent contenir la richesse des concepts d'aujourd'hui. Le besoin est grand d'un autre discours.

Du Credo au Sermon sur la montagne

J'ai entrepris sans idée préconçue cette analyse des termes du Credo chrétien ; j'ai tenté de donner à chaque mot le sens que nous entendons dans le langage d'aujourd'hui ; j'ai tenu compte notamment du regard scientifique actuel sur la réalité qui nous entoure ; je ne m'attendais pas à découvrir que ce texte est un champ de ruines.

Ces paroles sont chaque jour lues ou prononcées par des millions de bouches ; elles servent d'ossature à la pensée de millions d'intelligences ; elles orientent la méditation d'une multitude de croyants. Elles ont été l'aboutissement de longues recherches ; des assemblées savantes ont discuté de leur sens ; des conciles ont jeté des anathèmes contre ceux qui proposaient la moindre nuance à l'interprétation officielle ; des Etats se sont opposés, des guerres ont été déclenchées au prétexte que les doctrines de l'un et les doctrines de l'autre n'étaient pas identiques.

Aujourd'hui, pourtant, nombre de ces mots semblent tout simplement n'avoir plus de sens ; les querelles à leur propos n'ont plus d'objet. Evoquer ces disputes provoque le même sentiment de gâchis humain que visiter les collines entourant Verdun ou parcourir les plaines de la Somme : pour telle butte aujourd'hui reboisée, pour tel mur aujourd'hui retapissé de lierre, des hommes se sont entretués avec courage certes, mais un courage inutile et, pour tout dire, inhumain.

Entre les armées, que de batailles sanglantes pour rien ! Que de vaines tueries autour du fort de Douaumont !

Entre les croyants, que de haines définitives à propos de mots qu'il suffit de ne pas prononcer ! Que de discussions sans fin dans les conciles pour, par exemple, décider si le Père et le Fils sont ou non « consubstantiels » !

A cette question posée au quatrième siècle, l'Eglise de Rome répondait oui, le théologien d'Alexandrie Arius répondait non. La dispute a été si vive qu'elle a provoqué une coupure durable entre l'Orient et l'Occident chrétiens ; plusieurs conciles furent nécessaires pour réaliser une unité doctrinale de façade. Aujourd'hui encore les traces de ces batailles acharnées sont visibles dans le Credo. Le texte initial du concile de Nicée, pour marquer la condamnation de l'arianisme, précisait, je l'ai rappelé, que le Fils était « né de Dieu, vrai Dieu né du vrai Dieu, engendré, non pas créé, de même nature que le Père... ». Toutes ces précisions ont disparu dans le texte officiel actuel, comme si une concession avait été accordée à la pensée d'Arius. Au vingt et unième siècle il est difficile de comprendre l'enjeu de telles oppositions, car les mots *substance, père, fils* ont, dans le langage courant, dans l'esprit de tous ceux qui les prononcent, des connotations toutes différentes. Et surtout nous comprenons que, même si la question a un sens, la réponse ne peut résulter d'une observation ou d'un raisonnement ; elle ne peut être qu'arbitraire. Nous ne pouvons espérer aucun argument décisif puisqu'il s'agit de concepts qui ne concernent pas le domaine où la raison s'exerce. Le problème de la « consubstantialité » n'est plus évoqué que par quelques spécialistes bien éloignés des préoccupations de notre société.

Que peut-il rester de ce Credo lorsque l'on s'efforce de rendre chacune de ses paroles, chacune de ses déclarations, cohérente avec l'ensemble des mots et des idées qui quotidiennement structurent et expriment notre pensée ? Des notions comme la toute-puissance de Dieu ou Son rôle créateur n'apparaissent plus comme essentielles ; des affirmations comme la conception virginale de Jésus ou la résurrection de la chair sont en contradiction avec ce que nous savons des processus de la vie ; la prétention de l'Eglise catholique romaine à la sainteté n'est guère compatible avec ce que nous savons de son histoire. Pourquoi laisser notre bouche prétendre que nous « croyons » à toutes ces formules, alors que notre raison les trouve contraires au sens commun ou dépourvues d'intérêt ?

Cependant deux affirmations peuvent participer avec fruit à notre recherche de compréhension de la réalité humaine et enrichir notre regard sur nous-mêmes. Certes elles sont étrangement formulées par ce texte vieux de dix-sept siècles ; elles sont pourtant lourdes de concepts qui peuvent jouer un grand rôle dans notre réflexion. L'une paraît pourtant en contradiction avec l'évidence : *la vie éternelle,* l'autre est exprimée au moyen d'une terminologie qui semble bien désuète : *la communion des saints.*

La vie éternelle

Tout ce qui est vivant est mortel ; plus largement, tout ce qui existe connaîtra une fin ; les étoiles elles-mêmes ont une durée de vie limitée ; dans cinq milliards d'années notre soleil en aura fini avec ses réserves d'hydrogène et il ne restera de lui qu'une naine blanche emportée dans le tournoiement de la galaxie. Tout objet définissable connaît nécessairement une fin, car exister c'est devenir, changer, jouer avec la durée. Le seul objet dont notre raison puisse admettre qu'il n'aura éventuellement pas de fin est l'univers dans son ensemble ; mais, nous l'avons vu, ce « Tout » ne peut être défini.

Cette évidence n'empêche pas le poète de chercher l'éternité et de finalement s'écrier :

Elle est retrouvée.
Quoi ? L'éternité.
C'est la mer allée
Avec le soleil.

Dans une vision moins lyrique mais plus conforme à ce qui est accessible à notre raison raisonnante, constatons qu'il est possible d'aller la découvrir dans la définition même de la conscience ; oui, c'est là que l'éternité se cache.

Essayons de la dénicher. Le propre d'un processus qui serait éternel est de n'avoir pas de fin, il est donc impossible d'imaginer son « après » ; celui-ci ne pourrait en effet être défini que comme l'ensemble des événements se produisant en des instants plus lointains dans l'avenir que ceux intervenant dans le processus étudié, or celui-ci est supposé se dérouler sans limite temporelle. Cette absence d'*après* est semblable à l'absence d'*avant* qu'admettent certains astrophysiciens lorsqu'ils évoquent le big bang : celui-ci étant l'origine de toute chose, le temps n'a pu s'écouler qu'après qu'il a eu lieu ; l'avant-big bang est non seulement vide d'objets, donc vide d'événements, mais aussi vide de temps, ce qui rend le concept d'avant-big bang auto-contradictoire. De la même façon l'éternité implique logiquement l'absence d'après. Réciproquement l'absence d'après est synonyme d'éternité.

Lorsque nous nous intéressons aux objets

qui peuplent l'univers, que ce soient des galaxies, des bactéries ou notre propre organisme, nous constatons qu'une fin est inéluctable. Des événements extérieurs à ces objets rythment le déroulement du temps, les planètes définissent les années, les vibrations d'un atome permettent de compter les fractions de seconde. Sous le regard de ces horloges une fin se produira nécessairement, fin que l'on nomme *mort* pour les êtres qui ont appartenu à la catégorie des vivants. Les processus qui assurent le maintien en vie de mon organisme s'arrêteront en un certain instant marqué par des événements qui me seront extérieurs. Ces processus seront donc suivis d'un *après* qui sera témoin, notamment, de la désagrégation des substances qui me constituent. Il me faut l'admettre, mon corps est mortel ; mon existence biologique ne peut être éternelle.

Il m'est cependant possible de me rattacher à un autre repère temporel, celui des réflexions, des évocations, des émotions, des interrogations qui se succèdent dans la continuité de mon existence consciente. Elles se déroulent dans un univers intérieur qui n'a d'autre rythme que leur propre succession ; il n'est nullement nécessaire que ce rythme soit en phase avec celui des événements extérieurs, générés par le mouvement des planètes ou par les vibrations des atomes ; il définit une autre durée.

Au cœur de cette conscience personnelle, intime, je peux comprendre qu'une fin aura nécessairement lieu un jour et sera constatée par mon entourage ; je pourrais même admettre que, pour ce monde extérieur, la durée qui me sépare de cette fin, mesurée avec le temps extérieur, est bien courte ; mais rien ne pourra jamais me démontrer que cette fin est atteinte, encore moins qu'elle est dépassée. Dans l'univers de ma conscience l'*après-moi* ne peut exister ; ma conscience est, pour elle-même, éternelle.

Une *vie éternelle* peut alors être évoquée tout en restant parfaitement réaliste, à condition de considérer non la vie de l'organisme, mais celle de la conscience, et surtout à condition de considérer non la durée mesurée par des événements cosmiques, mais celle que définit le cheminement de cette conscience.

Finalement il est possible de s'écrier à la façon d'Arthur Rimbaud :

Elle est retrouvée
Quoi ? L'éternité.

C'est ma conscience d'être et le temps entremêlés.

Au cœur de cette éternité j'ai à vivre l'*avant* sans être trop obsédé par un *après* qui ne me concerne pas. C'est donc au monde qui m'est contemporain que je dois m'intéresser et participer. Voilà un message bien éloigné de celui que j'avais compris dans mon enfance lorsque la vie éternelle m'a été présentée comme l'objectif de mon existence, objectif lointain et situé dans un autre univers. En réalité l'éternité, c'est ici et maintenant.

Etrangement, je découvre par hasard une « parole de sagesse » proposée par les philosophes soufis : « Vis pour ce monde comme si tu devais y vivre éternellement et pour l'au-delà comme si tu devais mourir demain. » Voilà une convergence qui rend insignifiantes nombre d'oppositions entre la religion qui m'a façonné et celle qui inspire les soufis.

COMMUNION DES SAINTS

Quant à la *communion des saints*, elle peut être définie comme la mise en *commun,* par l'ensemble des humains, de leurs questions, de leurs compréhensions, de leurs angoisses, de leurs espoirs. Cette mise en commun fait apparaître, par le simple effet des interactions qu'elle provoque, des performances nouvelles. Celles du cerveau humain sont le résultat de sa fabuleuse complexité ; la communauté humaine est plus complexe encore si ses membres sont capables de se comporter comme les éléments d'une totalité supérieure à eux. Ainsi est réalisé un véritable surhomme ; non pas, comme dans les romans de fiction, un être manifestant à titre individuel plus de force ou plus d'intelligence, mais un être multiple, une communauté : nous.

Sachant nous rencontrer, nous nous donnons des pouvoirs que nous ne pouvons manifester si nous sommes isolés. Ce constat est évident lorsqu'il s'agit de réaliser des objets nouveaux, d'accomplir des exploits inédits. L'histoire des techniques est celle de découvertes ou de tours de main qui, associés, ont rendu possibles des réussites collectives ; aucun homme, sans doute, ne possède toutes les connaissances qu'il faut maîtriser pour envoyer un satellite en orbite ; ensemble nous savons le faire.

Mais le plus décisif, pour chacun de nous,

est que notre participation à cet être global nous transforme et fait se développer en nous des possibilités nouvelles. Nous ne sommes pas seulement le résultat des interactions entre les éléments qui nous constituent, nous sommes aussi le produit des influences reçues de la collectivité dont nous faisons partie. Chacun peut accéder à des performances qui sont générées par sa participation à ce qui lui est extérieur et non par les interactions qui se déroulent en lui.

Il est donc réaliste pour comprendre ma personne de ne pas m'en tenir à la démarche proposée par Descartes : l'analyse de plus en plus fine de ce qui me constitue, organes, cellules, molécules. Cette analyse ne débouche pas vraiment sur la compréhension de ce que je suis. Elle est nécessaire, car je suis bien réellement un ensemble d'objets concrets ; mais elle est insuffisante : je ne suis pas que cela. Il faut la compléter par le cheminement inverse dont l'origine est la collectivité dont je fais partie : je suis aussi les liens que je tisse avec ce qui m'entoure, en premier lieu avec les humains ; je suis, parmi eux, en *communion*.

Les réalisations concrètes ne sont qu'un domaine partiel, limité, des ajouts apportés à chacun par la mise en commun des objectifs et des moyens. Plus fondamentale est l'ouverture en nous d'un domaine nouveau de notre compréhension, le passage de l'être à la conscience d'être. Le bouleversement essentiel, bifurcation décisive du parcours de notre vie, est le retournement sur nous-mêmes de notre appétit de compréhension. Après avoir interrogé le monde environnant, nous nous sommes intéressés à nous-mêmes, nous nous sommes vus comme si nous nous observions de l'extérieur ; nous avons alors existé à nos propres yeux, nous avons dit « Je ».

Cet exploit fabuleux, qu'apparemment seuls les membres de notre espèce peuvent réaliser, semble hors de portée de l'individu humain, tel que la nature le construit ; elle se contente de lui fournir les recettes contenues dans une dotation génétique ; aucune ne lui apprend à dire « Je ». Cette capacité lui vient donc d'ailleurs ; elle est générée par l'ensemble humain, la *communauté,* dont il est un élément, non par les éléments rassemblés pour le réaliser.

Nous sommes ainsi amenés à distinguer deux étapes dans l'histoire de l'humanité comme dans l'histoire de chaque humain :

celle que l'évolution naturelle a accomplie, en produisant des mutations aléatoires passées ensuite au crible de la sélection ; puis celle que la collectivité humaine a réalisée en refermant sur elle-même la flèche de ses interrogations. C'est cette seconde étape qui a accompli la divergence décisive. Conscients de notre existence, nous avons refusé le sort commun à tout ce qu'a produit l'univers, la soumission aux déterminismes aveugles des processus naturels.

Nous avons découvert que demain sera et que nous pouvions orienter la succession des événements. Les débuts ont été difficiles, notre impuissance ne s'est résorbée que lentement ; mais maintenant nos possibilités d'action se sont accrues si rapidement qu'elles nous font peur. Cette crainte est justifiée, mais elle ne doit pas nous conduire à y renoncer. Elle peut être au contraire le moteur d'un projet commun.

L'existence d'une communauté humaine, façon actuelle de nommer la communion des saints, n'est pas l'objet d'une croyance, elle est un constat. La question importante est de choisir un objectif pour orienter son comportement.

C'est un fait, l'interdépendance de tous les

humains vient de se réaliser ; la rapidité des transports, l'instantanéité des échanges d'informations font que les actes de chacun ont des conséquences pour tous les autres. Ce processus est semblable à ce qui se passe entre les molécules qui s'assemblent pour former des cellules ou entre les cellules qui s'assemblent pour former des organes. Mais une différence décisive se produit : ces cellules, ces organes, réagissent les uns avec les autres en se soumettant aux lois de la nature. Les humains ont, eux, la possibilité de réagir en fonction d'une attitude qu'ils ont eux-mêmes choisie. A eux de décider de la forme de leur interdépendance.

Ils peuvent se regarder l'un l'autre avec indifférence, chacun n'ayant d'intérêt que pour son propre devenir. Tout se passe comme si leurs rencontres n'avaient pas eu lieu ; rien n'est mis en commun ; aucune structure n'est créée, l'humanité n'est alors qu'un amoncellement d'humains, un tas d'hommes n'ayant pas plus de capacités que chacun d'eux.

Ils peuvent aussi se regarder avec crainte, l'« autre » représentant pour chacun un danger. Se mettent alors en place des processus d'opposition, d'agression, de défense. Ces processus initialement individuels se prolongent en créant des groupes ayant pour but premier de lutter contre d'autres groupes. Ces mises en commun partielles sont à la source d'exploits techniques merveilleux, mais qui sont essentiellement destructeurs. Pour préparer la guerre chaque peuple imagine des moyens toujours plus efficaces, inventant les épées, puis les arbalètes, puis les canons, enfin les fusées à têtes nucléaires. L'humanité est alors un agglomérat toujours instable de populations prêtes à s'entre-détruire, et même, depuis quelques décennies, à provoquer le suicide collectif. Il peut être déclenché à tout moment.

Ils peuvent enfin voir en l'autre une source leur apportant les moyens de la construction d'eux-mêmes. Alors toute rencontre, entre les personnes ou entre les collectivités, est l'occasion pour chacun de se dépasser soi-même, d'avoir accès à des possibilités nouvelles.

Quelle attitude choisir ?

Pascal propose un pari à propos de Dieu ; un des termes de l'alternative ne peut être que gagnant, l'autre que perdant ; le bon choix est donc, nous dit-il, évident. Mais le véritable pari concerne notre attitude à propos des hommes. L'indifférence comme l'agressivité ne peuvent générer que des catastrophes, l'ouverture confiante peut être bénéfique ; pourquoi hésiter ?

Comme toutes les évidences, cela a déjà été dit. N'est-ce pas le thème central du Sermon sur la montagne ? Ce sermon ne nous demande pas de croire à la communauté humaine, il nous propose de la construire et il nous indique comment y parvenir. La voie proposée est à l'exact opposé de celle adoptée par notre culture occidentale dont le moteur est la compétition généralisée, la lutte permanente.

Le point de départ de notre réflexion a été le Credo ; il nous a conduit inévitablement au Sermon sur la montagne. Le premier décrit ce qu'il faut croire, le second propose ce qu'il faut vivre.

Le premier a servi de prétexte à de sanglants affrontements, il a généré des haines entre les peuples, provoquant des conflits avec ceux dont le Credo était différent. Aujourd'hui quels crimes ne commet-on pas au nom du « vrai Dieu » ! L'analyse des croyances qui ont comblé mon enfance, qui ont structuré ma culture initiale, m'en fait découvrir le vide ; un cheminement semblable, sans concession, ayant pour objet l'équivalent du Credo tel qu'il est proposé par une autre religion, aboutirait sans doute à la même conclusion. Pourquoi s'acharner à croire ? Pourquoi surtout, constatant des croyances en nous, s'acharner à les imposer à d'autres ?

Le second au contraire peut être la source de nos réflexions et de nos engagements.

Est-ce parce qu'il est Dieu, ou « fils de Dieu consubstantiel au Père », ou simplement un homme, qu'il faudrait prendre au sérieux ou au contraire négliger ce que dit Jésus ? Je préfère L'écouter, réfléchir à ce qu'Il propose et éventuellement y adhérer. Mais pourquoi me poser des questions sur Sa nature divine, auxquelles je ne pourrai jamais avoir de réponses rigoureuses ?

Peu importe à quoi je crois. Il me faut choisir librement à quoi m'engager.

Credo de Nicée-Constantinople

Je crois en un seul Dieu,
le Père Tout-Puissant,
Créateur du ciel et de la terre
de l'univers visible et invisible.
Je crois en un seul Seigneur, Jésus-Christ
le Fils unique de Dieu,
né du Père avant tous les siècles ;
Il est Dieu, né de Dieu,
Lumière, né de la Lumière,
vrai Dieu, né du vrai Dieu,
engendré, non pas créé,
de même nature que le Père,
et par Lui tout a été fait.
Pour nous les hommes, et pour notre salut,
Il descendit du ciel ;
par l'Esprit Saint,
Il a pris chair de la Vierge Marie,
et S'est fait homme.
Crucifié pour nous sous Ponce Pilate,
Il souffrit sa passion et fut mis au tombeau.

Il ressuscita le troisième jour,
conformément aux Ecritures,
et Il monta au ciel ;
Il est assis à la droite du Père.

Il reviendra dans la gloire,
pour juger les vivants et les morts,
et son règne n'aura pas de fin.
Je crois en l'Esprit Saint,
qui est Seigneur et qui donne la vie ;
Il procède du Père et du Fils ;
avec le Père et le Fils,
Il reçoit même adoration et même gloire ;

Il a parlé par les prophètes.
Je crois en l'Eglise,
une, sainte, catholique et apostolique.
Je reconnais un seul baptême
pour le pardon des péchés.
J'attends la résurrection des morts,
et la vie du monde à venir.
Amen.

Table

Composition réalisée par JOUVE

Imprimé en France sur Presse Offset par

BRODARD & TAUPIN

GROUPE CPI

La Flèche (Sarthe).
N° d'imprimeur : 26205 – Dépôt légal Éditeur : 51630-10/2004
Édition 01
LIBRAIRIE GÉNÉRALE FRANÇAISE – 31, rue de Fleurus – 75278 Paris cedex 06.
ISBN : 2 - 253 - 11147 - 3

⊕ 31/0053/4